昼休みが終わる前に。

髙橋恵美

STARTS
スターツ出版株式会社

あの日から五年後。

かけがえのない思い出が詰まった『梢田高校《こずえだこうこう》』の旧校舎が、
取り壊されることになった。

『最後に校舎を見に来たいですか？』

その一本の電話が、
私と過去を繋《つな》ぎ、未来を紡《つむ》いだ——。

目次

昼休みが終わる前に。

第一章　旧校舎が取り壊される前に

——プルルルッ……プルルルッ……。

ふいに、階下にあるリビングの固定電話が鳴った。

お父さんとお母さんは仕事に行っている。いつもはおばあちゃんがいるのだけれど、先日から体調を崩して入院しているので、今、家にはだれもいない。

私が出なきゃ……そう思いつつ、つい面倒くささが勝ってしまい、なかなかベッドから起き上がることができない。

私は現在、両親が経営するスーパーで働いているのだけれど、特にこれといった夢も目標も趣味もなく、ただ漠然と終わっていく毎日を送っていた。仕事がない日にどこかへ出かける気にもなれず、休みの日はこうしてひとり、一日中ベッドの上でぼんやり過ごしている。

電話のコール音がいっとき途切れ、三十秒ほどしてからまたすぐに鳴り始めた。

なにか大事な用なのかもしれない。今度こそ出なきゃ。

私はベッドから這《は》いずり出て、だるい身体を引きずりながら階段を降りた。やっとのことでリビングで鳴り続けている電話を手に取る。

「はい、白石《しらいし》です」

一拍《つ》あってから、『凛々子《りりこ》さんですか？』と柔らかい女性の声が返ってきた。

「えぇ、そうですけど……」

『久しぶり、凛々子さん。私、梢田高校で教師をしている松下《まつした》です』

「あぁ、松下先生」

電話の相手は、〝あの事故〟で二年一組の担任が亡くなったあと、私が卒業するまで担任の代わりに面倒を見てくれた優しい女の先生だった。うちのスーパーにときどき買い物に来てくれるのだけれど、仕事が忙しいのか、ここしばらく見ていない。

「お久しぶりです。どうしましたか？」

『凛々子さんに大事なお話があって電話したの』

「大事な話？」

受話器の向こう側で、大きく息を吸う気配があった。

『えぇ、実はね……旧校舎の取り壊しが、来週の木曜日から始まることになったのよ』

窓の外で鳴いている蝉《せみ》の声が大きくなったように感じたのは、何秒か続いた沈黙のせいかもしれない。受話器と右耳の間にじわりと汗がにじみ、動悸《どうき》が激しくなった。

口を半開きにしたまま放心している私に、先生は静かな声で問いかける。

『最後に校舎を見に来たいですか？』

最後に、という言葉に、胸がズキッと痛んだ。

私がみんなと過ごした校舎。私のかけがえのない思い出が詰まった教室。足がその場所に向かおうとしては、そのたびに心がそれを引き止め、結局卒業してから一度も行っていなかった。

私はしばらくの間黙り込んだ。先生は急かすようなことはせず、辛抱強く私の返事を待ってくれている。

「……行きたいです」

長い沈黙のあと、私は震える唇を動かして言葉を押し出した。声が届いていないかもしれないと思い、もう一度「行きたいです」と繰り返す。

『わかりました。そうしたらいつがいい？』

「もしご迷惑でなければ、今日、行ってもいいですか？」

『ええ、いいわよ。昨日から学校が夏休みに入ったから、授業がないの。だから午後五時までだったら、何時に来てくれても大丈夫よ』

リビングの壁掛け時計を見上げると、時刻は午前十一時を少し過ぎたところだった。

「あの、そうしたら今から向かってもいいですか？」

『構わないわよ。裏門が開いてるから、そこから入って新校舎の玄関まで来てくれる？』

「わかりました。ありがとうございます」

『それじゃあ、またあとでね』

「はい」

相手が電話を切ったのを確認してから、私は手に持っていた受話器をそっと戻した。

「取り壊し……」

改めて言葉にしてみると、言いようのない感情の波が胸に押し寄せてきた。

電話機の隣に置かれたカレンダーに視線を動かす。

今日は七月二十二日の火曜日。旧校舎の解体作業が始まるのは来週の木曜日。すなわち九日後には、私とみんなを繋ぐ唯一《ゆいいつ》の場所がなくなってしまう。跡形もなく、消えてしまう――。

心の中を激しい嵐が吹き荒れた。ここまでなにかに対して強い感情が込み上げてきたのはずいぶん久しぶりだ。いてもたってもいられなくなり、私はよれよれのTシャツにショートパンツという格好のまま、スマホだけ持って玄関を飛び出した。

――五年前のあの日、私は一瞬にしてすべてを失った。

初めてできた恋人も、なんでも話せる親友も、家族のように温かい仲間も、笑顔の絶えない学校生活も、キラキラと輝く青春も。全部、全部、失った。

お父さんの仕事の都合で、私は小さい頃から毎年のように転校を繰り返してきた。

小学四年生までは、忘れられたくない一心で、転校してからもクラスメイトたちに手紙を書いた。最初のうちは返事が来るのだけれど、二、三通やりとりが続くと、すぐに途切れてしまう。

がんばって仲よくなっても、どうせまたすぐに別れがやってきて、みんな私のことなど忘れてしまう。私なんて、いてもいなくても同じ。どうでもいい存在なんだ。それを子供ながらに察してしまい、どんどん引っ込み思案になっていった。

そして中学三年生の春休み、お父さんが勤めていた会社を辞め、実家のスーパーの経営を引き継ぐことになった。

三月の、まだ寒さが残る風が強い日、お父さんは、お母さんと私を連れて地元の梢《こずえ》田町《だちょう》に戻ってきた。ひしめき合う高層ビルや道を埋め尽くす人混みとは無縁の、田んぼと畑ばかりの田舎町だった。

聞いた話によると、進学先の梢田高校には一学年一クラスしかなく、自分を含めて一年生の生徒はたったの十六人。それもその全員が、同じ中学校からの持ち上がり。もう人間関係は完全にできあがっていて、自分の居場所なんてどこにもないんだろうな……。そう思いながら、新しい制服に袖を通した。

どのみち大学はみんなバラバラになる。彼らと過ごすのも、長い人生のうちのほんの三年間だけ。薄っぺらい友情も思い出もいらない。いつもみたいに存在感を消して生活しよう。

入学式の日、そんな冷めきった気持ちで一年一組に足を踏み入れた。すると……。

「あっ、来た！」

先に教室にいたクラスメイトたちが、待ってましたとばかりにいっせいに私の元へ駆け寄ってきた。

「よっ！　俺、唯人《ゆいと》。気軽に『唯人』って呼んで」

目鼻立ちのはっきりした金髪の男の子が、愛嬌《あいきょう》たっぷりに顔をほころばせる。その笑顔がまぶしくて、思わず目をしばたたいていると、今度はいかにも優等生タイプの女の子が私に向かって頭を下げた。

「はじめまして、智子《ともこ》です。困ったことがあったら、遠慮なくなんでも相談してください」

度の強い眼鏡の奥で、彼女の小さな目が笑った。落ち着いた雰囲気を持っていて、同い年とは思えないほど大人びて見える。

「沙恵《さえ》と和也《かずや》でーす」

「俺たち、ふたりでひとつなんでよろしく！」

声がしたほうを振り返れば、制服を着崩した派手めの男女が、肩を組みながら立っていた。よく似たカップルは、にこにこと陽気な笑みを浮かべている。

「僕は……」

「私は……」

他のみんなも、我先《われさき》にと押し合うようにして自己紹介し始めた。予想外の出来事に呆然《ぼうぜん》としていると、唯人と名乗った金髪の男の子が、「君の名前は？」と聞いてきた。

「しっ、白石凛々子です。よろしくお願いします」

おどおどしながら頭を下げた私に、わっと大きな拍手が起こる。

「こちらこそよろしく！」

「よろしくね、凛々子ちゃん」

「よろしく」

私は頭を上げて、みんなの顔をひとりひとり見回した。今まで向けられたことのない温かいまなざしに包まれる。その光景に、深い感動を覚えた。

小さい頃から何度も転校してきたけれど、こんなふうな歓迎は受けたことがなかった。たいていどこの学校へ行っても、初日のあいさつは私が一方的に名前を言って、それで終わり。優しい女の子たちが数人、休み時間に気を使って私のところへ来てくれるものの、他の人たちは基本的に無視。きっかけがなければ会話を交わすこともなかった。

けれど梢田高校の人たちは違った。もしかすると、この人たちの中に自分の居場所があるかもしれない。そんな気持ちにさせてくれたのは、彼らが初めてだった。

みんなは私に存在感を消す暇を与えなかった。だれとも関わらず、教室の片隅でひとり静かに過ごそうと思っていた学校生活は、とても楽しく、にぎやかで、笑顔の絶えないものとなった。

みんなといっぱい遊んで、一緒に勉強して、初めての恋もして。お腹がよじれるほど笑った日も、声が枯れるまで泣いた日も、頭を抱えて悩んだ日も。どの日々も宝石のように輝いていた。

たとえ高校を卒業しても、この人たちとはずっと繋がっていられるという確信があった。大人になっても、変わらずに笑い合っていられるのだろうと思っていた。今のように毎日会うことはできなくなっても、ときどきみんなで集まって、昨日のことのように思い出を語り合うんだろうなって……そう信じて疑わなかった。

それなのに……。

高校二年生の秋、永遠の別れは唐突にやってきた。

十月二十五日。私はその日の朝、急に原因不明の高熱を出し、心待ちにしていた修学旅行に行けなくなってしまった。

昨日あれだけ元気だったのに、なんで突然……。

早く熱が下がってほしい。それで一刻も早くみんなと合流したい。そう思っていた矢先だった。お母さんが血相を変えて部屋に飛び込んできたのは。

その表情から、ただごとじゃないのは感じ取れた。私は節々の痛む身体を起こす。

「どうしたの？」

「今、ニュースで流れてるんだけど……」

お母さんは大きく息を吸い込み、一気に吐き出すように説明する。

「梢田高校の生徒たちが乗ってたバスが、高速道路で大事故に巻き込まれたって……。プロパンガスを積んだ大型トラックが、反対車線からいきなり突っ込んできて、衝突した瞬間、爆発を起こしたみたいで――」

なんの話をしているのかわからなかった。〝ダイジコ〟という単語だけが、頭の中をぐるぐると回る。

それから数日後。私に突きつけられたのは、あまりにも非情な現実だった。

「さっき学校から連絡があったんだけど……」

お母さんは私の手を握り、歯を食いしばりながら告げた。

「……だれも助からなかったって」

だれも助からなかった、という言葉の意味を理解するのに、長い時間がかかった。言葉の意味は理解できても、それをすぐに受け入れることはできなかった。

放心状態に陥っている私に向かって、お母さんがなにかしゃべり続けている。しかし耳鳴りがひどくて、なにも聞こえない。

呼吸が苦しい。まるで自分の周りだけ空気が薄くなったみたいだ。吸っても吸っても酸素が肺の中へ入っていかない。

すっと視界が暗くなったと思ったら、その瞬間、私は意識を失っていた。

幸か不幸か、二年一組の中で唯一私だけが、あの事故に巻き込まれずに助かったのだった——。


みんながいなくなったあと、私は転校せずに、卒業するまでだれもいない教室に通い続けた。

そうしてなんとか高校は卒業したものの、心に深い傷を負い無気力になり、勉強に身が入らず、恋人と『絶対一緒に合格しようね』と約束していた第一志望の大学に落ちた。

滑り止めの私立大学にはかろうじて受かったけれど休みがちになり、そのまま卒業できずに結局中退してしまった。それからはずっと実家に住みながら、両親が経営するスーパーで働いている。

職場と家を往復するだけの生活が始まってから三年の月日が経ち、気がつけばすでに二十二歳になっていた。悲しみからいまだに立ち直れないまま、いたずらに時間だけが過ぎていく。

たった一年半しか一緒に過ごしていない仲間と恋人だったけれど、私にとって彼らとのひとときは千年分の価値があった。

自分も死ねばみんなと同じところに行けるのかなって、何度も考えた。だけどそれをいつも思いとどまらせたのは、両親の存在だった。

両親を心配させないために、私は虚無感に苛まれながらも、大人として最低限しなければならないことはやってきた。

朝起きて、仕事に行って、帰宅して、ご飯を食べて、お風呂に入って、寝る……そんな代わり映えのしない単調な毎日が繰り返されていくうちに、今日が何曜日なのか、今が何月なのか、しまいには自分が今何歳なのかということすらわからなくなっていき、起きているのに常に夢の中にいるような感覚だった。

このままじゃダメだって、頭ではわかっている。でも、失うことが怖くてどうしても一歩が踏み出せない。大切なものを失う恐怖を味わうくらいなら、こうしてこのまま誰とも関わらずに、自分だけの殻に閉じこもっていたい。

そう、思ってしまうのだ。

第二章　五年前の教室

真夏の炎天下、私は梢田高校に向かって自転車を走らせていた。田んぼや畑がどこまでも広がっていて、視界を遮るものはなにひとつない。遥《はる》か向こうに見える大きな山は、頭上に広がる鮮やかな青空と同じ色をしている。

通学路だった道を駆け抜けること十五分、梢田高校に到着した。自転車を裏門の脇に止め、首筋を流れる汗をTシャツの襟で拭《ぬぐ》いながら新校舎のほうに歩いていく。

玄関に入ると、【御用のある方は鳴らしてください】と書かれた札が、職員呼び出しベルと一緒に置かれていた。

ベルを鳴らして少し待つと、すらっと背の高い黒髪の女性がスリッパを鳴らしながら現れた。私は彼女に向かって頭を下げる。

「お久しぶりです、松下先生」

「お久しぶりね、凛々子さん」

松下先生は鼻筋の通った面長の顔に、柔らかな笑みを浮かべた。今年で五十三歳になるらしいのだけれど、まだ老いの影はなく、実年齢よりもかなり若く見える。

「最近どう？　暑い日が続いてるけど、夏バテしてない？」

「えぇ、なんとか。先生はいかがですか？」

「私は見ての通り、元気よ。あっ、でもうちの犬が夏バテしちゃってねぇ、最近元気がないのよ」

「それは大変。早く元気になるといいですね」

当たり障りのない近況報告がしばらく続く。

やがて話題に尽きて会話が途切れ、お互い無言になったところで、ようやく先生は「行きましょうか」と切り出した。


先生に連れられて、私は旧校舎にやってきた。

裏口から靴を履いたまま中に入ると、懐かしい匂いが鼻腔《びこう》を刺激する。旧校舎特有の温かい木の香りだ。短い木造の廊下も、足を乗せるときしんで音を立てる階段も、建てつけの悪いガラス窓も、あの頃のままなにひとつ変わっていない。

みんなと過ごした日々がよみがえり、つんと鼻の奥が熱くなった。

あれからもう五年も経つというのに、みんなとの思い出は一向に色あせない。それどころか、時が経てば経つほどよりいっそう輝きを増している。

階段を上り、二階の廊下を歩き始めた。二年一組があった教室に近づくにつれ、次第に動悸が激しくなっていく。歩いているのに、足が床を踏んでいる感覚がしない。

私と先生は教室の前で立ち止まった。こうしてここにたたずんでいると、この閉まった扉の向こう側に、みんながいるような錯覚にとらわれる。

みんなが【ドッキリ大成功】のプラカードを持って、笑いながら目の前に現れるんじゃないか……。浮かんでくるのは、そんな現実味のないバカげた空想だった。

「あの、先生」

私は込み上げてくる涙を懸命にこらえながら、言葉を繋ぐ。

「少しの間、ひとりにさせてもらってもいいですか？」

「えぇ、わかったわ。じゃあ、私は職員室に戻るわね。裏口の鍵は開けておくから、どうぞごゆっくり」

「すみません。ありがとうございます」

遠のいていく足音を背中で聞きながら、身じろぎひとつせずに、じっと扉を見つめる。先生が去ったあとには静寂が残され、その静寂を埋め尽くすように、外の蝉がいっせいに鳴き始めた。

私は引き戸に手をかけ、ひと息に開け放った。

窓から夏の日差しが燦々《さんさん》と降り注ぎ、教室の中を明るく照らしている。机や教卓はそのまま置かれており、ここから見える景色は当時と同じだった。

目に映るものすべてに思い出が刻み込まれていて、あぁ、あの日こんなことがあったな、こんな会話をしたな、と些細《ささい》なことまでがひとつひとつ脳裏によみがえる。

教室を見渡していた視線がふと、黒板の上の壁掛け時計に止まった。秒針は進んでおらず、時計の針が午後一時ぴったりを指したまま静止している。

動かない時計を見て、まるで私みたいだと思った。私の中の時計は、五年前のあの日を境にとっくに時を刻むことをやめているのに、現実の時間は無情に流れていく。あの頃に戻りたい……どんなにそう強く願っても、時間は前に進むばかりで、私をひとり置き去りにする。

大きく息を吸い込んでから、私は数年ぶりに二年一組の教室に入った。その直後。

――キーンコーンカーンコーン……。

突然、チャイムが鳴り始めた。

もう使われていない校舎なのに、なんでチャイムが……？

違和感を覚えたのと、教室内がすさまじい光に覆われたのは、ほとんど同時だった。

「うっ……」

あまりのまぶしさに目をつぶって顔を背けると、チャイムの音が遠のき、ふわっと足が宙に浮くような感覚がした。そして次の瞬間、身体がものすごい力で引っ張られた。

＊＊＊

「――リリ……リリってば」

とてつもなく懐かしい声がして、はっと顔を上げた。するとまったく唐突に、思いがけないものが視界に飛び込んでくる。

目の前に立っているのは、学ラン姿の男の子。アーモンド型の綺麗《きれい》な瞳、細くとがった形のいい鼻、金色の髪……。

信じられなかった。見間違いだと思った。私はごしごしと目をこすって深呼吸し、もう一度正面から彼を見上げた。

「どうしたの、リリ？　俺の顔になにかついてる？」

どくん、と心臓が跳ね上がる。そこにいるのが唯人だと認識するのに、少し時間がかかった。

「嘘《うそ》……唯人……？　どうして唯人がここに……」

状況がまったく呑《の》み込めない。

ずっとずっと会いたかった恋人が、あの頃のままの姿で今、私の目の前にいる。手を伸ばせば触れられる距離にいる。

私は彼の甘く整った顔を凝視したまま、まばたきをするのも忘れてしまっていた。

そしてふと、だれもいないはずの教室に、にぎやかな話し声と笑い声が満ちあふれていることに気づき、おずおずと辺りを見渡す。

信じられないことに、五年前に事故で死んだはずの二年一組の生徒たちが、あたりまえのようにそこにいた。みんな制服に身を包んでいて、楽しそうにおしゃべりしている。

智ちゃんがいる。沙恵ちゃんも、和也くんも、みんな、みんな……いる。

なにがどうなってるの？

パニックを通り越して、頭の中が空っぽになっていくような感覚がした。目の前に広がる光景に声を失った私を、唯人は目をパチパチさせながら見下ろす。

「マジでどうしたの？　大丈夫？　もしかして熱でもある？」

唯人はすっと手を伸ばし、私の額に触れた。少し湿った大きくて柔らかい手のひら。

そこには、確かなぬくもりがあった。

なんで事故で死んだみんなが生き返ってるの？　ここは、どこ……？

自分の身体に視線を走らせれば、白いスカーフを胸の前で結んだセーラー服を着ていた。美容院に行くのが面倒で腰まで伸ばしっぱなしにしていた髪が、肩のところで綺麗に切りそろえられている。

まさか――。

顔を上げ、ゆっくりと首を回して正面黒板の横の時間割表を見た。そこに書かれている日付に、はっと息を呑む。

【十月十六日　火曜日】

「ねぇ、今日ってもしかして……」

私は唇の隙間から押し出すようにして聞いた。

「二〇XX年の十月十六日?」

「あたりまえじゃん。本当にどうしたの?」

唯人は整った眉をひそめ、怪訝《けげん》そうに私を見る。

「——っ」

みんなが生き返ったんじゃなくて、時間が巻き戻っているんだ。五年前の、十月十六日に。

なに、これ。私、夢でも見てるの?

混乱した頭でどうにか状況を把握しようとしていると、時間割表の一番下に、【修学旅行まであと九日!】と書かれていることに気がついた。

心臓の鼓動が一気に高まり、走ったわけでもないのに呼吸が荒くなった。

修学旅行まであと九日……つまり〝今日〟は、あの事故が起こる九日前……。

止めなきゃ、と咄嗟《とっさ》に思った。もはや夢だろうと幻覚だろうと、そんなことはどうでもいい。みんなが修学旅行に行くのを止めなきゃ!

「みんな、修学旅行に行かないで! 行ったら死んじゃうっ!」

声がひっくり返って、教室の中に甲高く響く。私の発した声があまりにも大きかったせいか、その場にいた全員が驚いたような顔で私のほうを振り向いた。

「ちょっと、リリ。マジでどうしちゃったんだよ」

唯人は困惑したように視線を泳がせている。

「私、五年前に戻ってるの」

「五年前に……戻ってる……？」

「そうなの！　みんな修学旅行で事故に遭って死んじゃって、私ひとりだけ行かなかったから助かっちゃって、旧校舎の取り壊しが来週から始まるって松下先生から連絡があって、それで……それでっ……」

「リリ、落ち着いて」

唯人はパニックを起こしている私の両肩に手をかけ、なだめようとしたけれど、こんな状況で冷静さを保てるはずもなかった。

だって私、あの事故が起こる前に戻ってるんだよ？　事故が、起こる、前に……。

そう思わざるを得ない状況に、気づいたら両目から涙がこぼれ落ちていた。

今までいったい何度、時間が巻き戻ってほしいと願っただろう。私が人生でもっとも幸せで、輝いていたこの時間《とき》に。

「うあああん！」

自分のものとは思えないような金切り声が喉からほとばしり出る。私は体当たりするように唯人に抱きつき、わんわんと声を張り上げて泣いた。

唯人の胸に顔を押し当てると、彼の着ているワイシャツから爽やかな柔軟剤の香りがした。その奥に、大好きだった人のぬくもりがある。

「うぅ……うぅぅ……」

言いたいことはまだまだたくさんあるのに、なにか言おうとしても、嗚咽《おえつ》が邪魔をして言葉にならない。

「凛々子ちゃん、どうしたの？」

クラス委員長の智ちゃんが、両肩に垂らした長い三つ編みを揺らしながら、こちらに駆け寄ってくる。そのあとを追いかけるようにして、沙恵ちゃんも走ってきた。校則をひとつも破らない智ちゃんとは対照的に、派手な髪型とメイクをしている。

「凛々子、大丈夫？」

沙恵ちゃんが私の背中に手を添えそっと身体を寄せると、甘い香水の匂いが漂ってきた。沙恵ちゃんの彼氏の和也くんも、「大丈夫か？」と心配そうに私の顔をのぞき込んでくる。

クラスの人たちは全員私によくしてくれたけど、中でもこの四人は、特に親しい仲間だった。

「えっ、なになに？」

「どうしたの？」

他のみんなも、泣きじゃくる私の周りに集まり出した。

「うぅっ……」

ダメだ。胸が詰まってうまくしゃべれない。

「大丈夫。大丈夫だから」

唯人の大きな両腕が私をくるみ込んだ。

体温を感じる。匂いがする。そして……。

――ドクッ……ドクッ……。

心臓が鼓動を打つ音。それらは唯人が確かに生きているという証だった。

嬉《うれ》しさ、懐かしさ、切なさ。いろいろな感情が一気に湧き起こり、どっと胸の中に流れ込んでくる。

「うわあああんっ」

言葉をしゃべれない赤ちゃんのように、ただひたすら泣きわめく私の背中を、唯人はずっとさすり続けた。他のみんなも私から離れようとはせず、そばにいてくれる。

ああ、これが夢なら、どうかこのまま永遠に覚めないで……。

激しかった嗚咽は、次第にすすり泣きに変わり、やがて震えるようなため息になった。唯人が私を抱いている腕をゆるめる。

「どう？　少し落ち着いた？」

耳元でささやかれた声があまりに優しすぎて、再び涙が込み上げてくる。私は唇をきつく噛《か》みしめながらうなずき、涙まみれの顔を上げた。みんなが心配そうな目で私を見ている。

初めは夢か幻覚でも見てるのかと思ったけど、それにしては聞こえる音や声、匂いや感触、なにもかもがリアルすぎる。

生きたみんなが、今、ここにいる。目の錯覚などではなく、それはまぎれもない事実だった。

「いったん、外の空気を吸いに行こうか」

唯人はそう言って、私の手を取って歩き出した。智ちゃんたちも私の背中に手を置き、寄り添うようにしてついてくる。

自分の身になにが起こっているのか、全然わからない。これが夢でも幻覚でもないなら、タイムリープ？　それとも私がこれまで見てきた世界が全部夢で、本当はこっちが現実……？

唯人に手を引かれながら教室の外に出た、その瞬間――。

まるで無数のフラッシュが焚《た》かれたように、真っ白な光に呑み込まれた。

「リリ――」

みんなの声が遠のき、視界が大きくゆがんだ。繋いでいる手の感触と、背中に置かれた手の感触が消えていく。

＊＊＊

無意識につぶっていた目を開けると、唯人の姿はなくなっていた。慌てて後ろを振り返るけれど、教室の中にはだれもいない。

自分の身体を見れば、制服ではなく半袖のTシャツを着ていて、長い髪を無造作にひとつにまとめていた。さっきまで感じなかった夏の暑さが一気によみがえる。

私はすぐさま教室の外に飛び出し、踵《きびす》を返して駆け戻った。しかし目の前の景色に変化はない。

「嘘でしょ……」

それから何度も同じことを繰り返してみたけど、結局なにも起こらなかった。

「なんでよ！　みんなどこ？　お願いだから戻ってきて！」

私はありったけの声で叫んだ。けれどその声は壁に当たって再び自分の耳に跳ね返ってくるだけで、どこからも返事はない。

膝からすっと力が抜け、私はその場に崩れ落ちた。涙が激しい嗚咽とともにあふれ、容赦《ようしゃ》なく頬を流れ落ちていく。

あれはなんだったの？　やっぱり幻覚？　だけど幻覚って、あんなにもはっきりと見えたり聞こえたりするものなの？

切なさが波のように押し寄せてきて、じわじわと身体の隅々まで沁《し》み込んでくる。もう、わけがわからなかった。たとえさっきの出来事がなんだったとしても、せっかくもう一度みんなに会えたのに、泣いてばかりでなにも言えなかった。みんなの顔も、ほとんどちゃんと見られなかった。

このまま永遠のお別れなんて嫌だよ。もっともっと一緒にいてほしいよ。私をひとりぼっちにしないで。まぼろしの中でもいいから、私のそばにいて。お願いだから、置いていかないで……。

私はその場にうずくまって泣き続けた。床の上に小さな水たまりができるほど涙を流しても、まだ泣き足りない感じがした。

床に両手をついたまま顔を上げて前を向いても、やっぱりそこにみんなの姿はない。しんと静まり返った空気を、外で盛んに鳴き続ける蝉の声だけが埋めている。黒板の上の壁掛け時計に視線を動かすと、針は相変わらず一時を指したまま止まっていた。私はズボンのポケットからスマホを取り出し、正確な時刻を確認する。

午後二時四十三分。かなり長い時間泣き続けているというのに、いまだに目から涙がぽたぽた滴《したた》り落ちてきて、スマホの画面を濡《ぬ》らす。

私は手足を拾い集めるようにして立ち上がり、よろよろと教室の外に出た。そのまま身体を反転させて、もう一度教室の中に足を踏み込んでみるけれど、やはりなにも起こらない。

それでも私は、どうしてもあきらめきれなかった。

これで最後になんてできない。したくない。なんでもいいから、みんなに会いたい。もしもあれが〝タイムリープ〟だったとするならば、ひょっとして私の言動次第で過去を変えられたのではないか。みんなが修学旅行に行くのを阻止《そし》できたのではないか。あの事故をなかったことにできたのではないか。みんなが生きている未来を作ることができたのではないか。

そんな根拠のない期待が、次々と自分の中に膨らんでくる。

みんなに会いたい一心で、私は教室を出たり入ったり、何十回、何百回と繰り返した。いつのまにか涙は止まっていて、代わりに大量の汗が全身を流れている。

もう自分でも何度目になるかわからないまま、再び教室に入ったとき、突然ぐにゃりと目の前がゆがんだ。

タイムリープが起こった……んじゃない。それは単なるめまいだった。しかも乗り物酔いに似た吐き気も伴っている。水を飲むことも忘れて走り続けたせいで、身体が悲鳴を上げたのだろう。

一度喉の乾きを意識すると、もうダメだった。さらに乾きが激しくなって、水のことしか考えられない。

スマホを取り出し、時刻を確認する。三時三十二分。先生の帰宅時間の五時まではまだ時間があるから、ちょっと休もう。

私はいったん教室をあとにし、校庭の水飲み場に向かった。


水を飲んで戻ってきてからも、めげそうになる気持ちを奮い立たせて、教室の出入りを繰り返した。しかしタイムリープは一向に起こらない。

「そんな……」

私はへなへなとその場に座り込み、呆然と天井を見上げた。

ただやみくもに教室を出たり入ったりするだけじゃ、ダメってこと？　もしかして教室に入る時間が関係してるのかな？

正確な時刻はわからないけど、タイムリープが起こったのは十二時十五分頃だった。教室の中に入った直後にチャイムが鳴って、突然、みんなが現れて……。

あれ？　そういえば、あれはなんのチャイムだったんだろう。

梢田高校の昼休みは午後〇時から一時までだったはず。でもあのチャイムは、昼休みの始まりでも終わりでもない中途半端な時間に鳴っていた。

あれはいったい――。

「凛々子さん？」

いきなり背後から声をかけられ、驚きのあまり息が止まった。

条件反射のように振り向くと、松下先生の顔が目の前にあった。考え事に没頭していたせいで、足音に気がつかなかったようだ。

「凛々子さん、まだいたのね。五時を過ぎても戻ってこないから、てっきり家に帰っちゃったのかと……」

先生は私の泣き腫らした顔を見ると、気の毒そうに眉を下げた。私はふらつく足を踏みしめるようにして立ち上がる。

「五時、過ぎちゃってたんですね。すみません」

「ううん、それは別にいいんだけど……」

先生は長いまつげを伏せ、心配そうな瞳を床に落とす。

松下先生だったら、あのチャイムについてなにか知っているかもしれない。聞いてみよう。

「あの、ひとつ質問してもいいですか？」

「えぇ、なにかしら？」

「十二時十五分くらいに旧校舎で鳴ってた、あのチャイムはなんですか？」

「チャイム？」

私の問いかけに、先生はきょとんと首をかしげた。

「おかしいわね。旧校舎のチャイムは鳴らないはずなんだけど……」

「じゃああれは、新校舎で鳴っていたチャイムなんでしょうか？」

「それもないと思う。今は夏休み中だから、新校舎のほうのチャイムも切ってあるのよ。昨日から一度も鳴ってないわ」

「えっ、でも……」

聞き間違いでも、空耳でもない。あれは本当にチャイムの音だった。

今日起こったことを先生に話そうか……。

そう考えたけれど、きっと話しても、みんなを失ったショックで気が狂って幻覚を見たと思われるだけだ、と思い直す。私も私で、あれがなんだったのかわかってないし、やっぱり話すのはやめておこう。

「変なことを言ってすみませんでした。やっぱり私の聞き間違いだったみたいです」

「そう……」

束の間、ふたりの間に沈黙が落ちる。その沈黙を破るように、私は上目遣いに先生を見た。

「先生にお願いがあるんですけど……」

「お願い？」

「明日もまた、旧校舎を見に来てもいいですか？」

今日一日だけでは、全然時間が足りなかった。最初から最後までずっと二年一組にいたから他の教室は見ていないし、あの不可解な現象やチャイムのことも気になる。

私はまだ、この旧校舎に別れを告げられない。

先生は一瞬、えっ、という顔をしたけれど、すぐにそれを取り繕うように微笑んだ。

「えぇ、構わないわよ」

「ありがとうございます」

「明日は何時頃に来る？」

明日も今日と同じ時間にここへやってくれば、もしかするとまた同じ現象が起こるかもしれない。そんなかすかな期待が胸をよぎる。

「できれば今日と同じくらいの時間がいいんですけど……」

私の返答に、先生はゆっくりとうなずく。

「いいわよ。じゃあ学校に着いたら、今日と同じように玄関のベルを鳴らしてね」

「わかりました」

「それじゃあ、帰りましょうか」

二年一組のドアを出たとき、ふと、みんなが教室の中にいるような気がして後ろを振り返った。

しかしそこにあるのは、まったく何事もなかったような、沈んだ静けさだけだった。

家に着いたときには、わずかに日が傾き始めていた。

汗まみれの身体をシャワーで流しながら、湯気で白くなった鏡に手を伸ばして曇りを拭う。

「うわぁ……ひどい……」

こちらを見返しているのは、ひどくくたびれた顔。何時間も泣き続けていたせいで、いつもは奥二重のまぶたが、腫れぼったい一重になっている。

お風呂から出たあと、洗面台にこもって冷たい水で顔を洗ったり、保冷剤で目を冷やしたりしてみたけれど、なかなか腫れは引いてくれなかった。

どうしよう。これじゃ泣いたのがバレバレだ。そろそろお母さんが仕事から帰ってくるのに……。

私はタオルに包んだ保冷剤を持って自分の部屋に戻り、ベッドに横になった。

ちょうどそのとき、「ただいまー」とタイミングを見計らっていたように、玄関からお母さんの声が聞こえた。ビニール袋がこすれる音とともに足音が階段を上ってきて、部屋のドアがノックされる。

泣いた顔を見られたくなくて、私はブランケットを口元まで引き上げ、扉に背を向けた。

「なに？」

意識したつもりはないのに、やたらぶっきらぼうな声になってしまった。ドアが遠慮がちに開く。

「ごめん、寝てた？」

私を起こしてしまったと勘違いしたようで、お母さんが申し訳なさそうな声を出す。

「ううん、横になってるだけだから大丈夫だよ。どうしたの？」

「スーパーから何個かお惣菜《そうざい》を持ってきたけど、一緒に食べる？」

「ごめん、今はあんまりお腹が空いてないんだ」

それだけでは言葉足らずな気がして、「もしあとでお腹が空いたら、そのときにもらってもいい？」と言い添えた。

「えぇ、もちろん。じゃあ凛々子の分は冷蔵庫に入れておくわね。いつでも好きなときに食べて」

「うん、ありがとう」

「ところで、凛々子」

お母さんが急に改まった口調になった。

「今日どこかに出かけたの？　自転車の位置が動いてたけど」

「あっ、うん。梢田高校に用があって」

「……高校に用事？」

心なしか、お母さんの声がちょっと固くなった。私は波打つ心臓を手で押さえながら、なるべく平静な声で答える。

「松下先生から連絡があったの。来週の木曜日から旧校舎の取り壊しが始まるから、最後に校舎を見に来ないかって」

「あの校舎、とうとう取り壊されちゃうのね……」

「うん」

ついさっき見に行ってきたばかりなのに、すでに旧校舎に戻りたい衝動に駆られている。

許されるのなら、本当は解体工事が始まるそのときまで、ずっと校舎の中にいたい。それができないのなら、せめて時間が許す限りあの場所で過ごしたい。みんながいた、あの場所で。

私は口元を覆っていたブランケットを静かに下ろした。

「お母さんに、ちょっとお願いがあるんだけど」

「なに？」

「来週の木曜日まで、夏休みもらえないかな？」

お母さんがはっと息を吸う気配があった。

さすがに急すぎたかな……。

うちのスーパーは現在、家族三人で切り盛りしている。だから私が夏休みなんて取ったら、両親に大きな負担をかけることになる。

お母さんが今どんな顔をしているか気になるけど、この腫れた目を見られてしまうから振り向くことはできない。

「無理そうかな？」

人にものを頼む態度じゃないとわかっていながらも、私は背中を向けたまま、ダメもとでもう一度聞いてみた。

「ううん、無理じゃないわ。いいよ、来週の木曜まで夏休みを取っても」

「えっ、本当に？」

思いのほかあっさりした言い方だったので、つい聞き返してしまった。

「えぇ、どうぞ。こんなふうに凛々子からなにかをお願いしてくることなんてめったにないし、お店のことはお父さんとお母さんに任せて、凛々子は思う存分、夏休みを満喫して」

「ありがとう」

風が吹いたのか、窓の外で風鈴が軽やかな音を立てた。どこか遠くのほうで、犬が激しく吠《ほ》えている。

「じゃあお母さん、夕飯食べてくるわね」

「あっ、待って」

部屋を出ていこうとしたお母さんを咄嗟に呼び止めた。

「なに？」

「あのね、今日私……」

過去に戻ってみんなに会ったの、と口にしようとして、私はすぐにその言葉を呑み込んだ。

「ん？」

「ごめん、やっぱりなんでもない」

私は慌てて言葉を濁す。

「そう？」

「うん。引き止めちゃってごめん」

「じゃあ……行くわね」

パタン、と扉が閉まる音がした。お母さんの足音が階段を下りていく。

結局、お母さんにも今日起こったことを言えなかった。話したらきっと、余計に心配をかけてしまうから。

私は仰向けになり、天井に向かって大きなため息をついた。

唯人の腕のぬくもりがまだ身体に残っている。みんなの顔が、みんなの声が、この目と耳にはっきりと残っている。

夢でもなんでもいいから、もう一度みんなに会いたい。そして今度こそは……。

ベッドに横たわっていたら、それまで忘れていた疲労感がどっと押し寄せてきた。まぶたが重力に逆らえなくなって下りてくる。

眠りに落ちていく中、暗い井戸の底に引きずり込まれるような、どうしようもない孤独感と寂しさに襲われた。閉じた目から新たな涙があふれ出し、こめかみを伝い、流れ、枕に染み込んでいった。

第三章　リセット

ちりちり、と鳴った風鈴の音で、目を覚ました。閉め切ったカーテンの向こう側で、白い光が弾けている。

今、何時だろう……。

ベッドサイドテーブルに置いてあるスマホを確認する。

午前七時五十分。よっぽど疲れていたのか、一度も目を覚まさずに十二時間以上眠ってしまっていた。

私は上体を起こし、しょぼしょぼする目をこすった。寝ながら泣いていたのか目の縁がかさかさしていて、まばたきをするとまぶたが引っ張られるような感じがする。

お父さんとお母さんはまだ家にいるのかな。そう思って耳を澄ませてみるも、窓の外で時折鳴っている風鈴の音と蝉の鳴き声以外、なにも聞こえない。もう仕事に行ったようだ。

私は部屋から出て台所に向かった。麦茶を飲もうとして冷蔵庫を開けると、【凛々子の分。チンして食べてね】というメモの貼られたお惣菜のパックがふたつ入っていた。野菜の煮物と揚げ出し豆腐だ。

そういえば昨日の夜、あのままなにも食べずに寝ちゃったんだっけ。

麦茶をコップ一杯飲み干してから、お惣菜のパックを冷蔵庫から取り出し、ダイニングテーブルの上に置いた。電子レンジで温めるのは面倒だったので、冷たいまま食べ始める。

噛んでも噛んでも味がしない。機械のごとく、無表情で淡々と同じ動作を繰り返すだけで、これが美味《おい》しいのか不味《まず》いのかもよくわからない。

みんながいた頃は、あんなにご飯を食べることが大好きだったのに。

梢田高校で過ごした時間はどれも充実していたけれど、その中でもお昼休みが一番楽しかった。みんなで机をくっつけ合っておしゃべりしながら食べるお弁当は、本当に美味しかった。

ふと、箸が止まった。当時と比べてだいぶ痩せてしまった自分の腕を見て気持ちが沈む。悲しすぎて、泣きたくなる。

涙を飲み込むように残りのご飯をかき込み、適当に身支度を整えてリビングのソファに身を沈めた。

窓の外に視線を投げれば、そのまま絵葉書にでもなりそうなほど美しい青空が広がっている。その空をゆっくりと流れていく雲を眺めながら、私はしばらくの間、みんなと過ごした遠い日々に思いを馳《は》せていた。

「まだ十時前かぁ」

これで時計を見るのは何回目だろう。時間が経つのがとてつもなく遅く感じられる。

松下先生にはお昼の十二時頃に行くと言ってしまったけど、本当は今すぐにでも行きたい気分だ。

今日もみんなに会えるかもしれないと思うと、気持ちがはやる。これ以上じっとしていられなくなった私はソファから起き上がり、テーブルの上に置いてあるバッグを手に取って、勢いよく玄関を飛び出した。


昨日と同じように裏門から学校に入り、玄関に置いてある職員呼び出しベルを鳴らすと、数秒してから『はい』と声がした。

現れたのは松下先生ではなく、若い女性。新しい先生なのか、見たことのない顔だ。

「あの、すみません。白石ですが、松下先生はいらっしゃいますでしょうか？」

「はい、いますよ。呼んできますね」

「ありがとうございます」

彼女は職員室のほうへ戻っていき、入れ替わりに松下先生が廊下から顔を出した。

「おはよう、凛々子さん」

「すみません。十二時頃って言っていたのに、こんなに早く来てしまって」

「いいのよ。気にしないで。それじゃあ、行きましょうか」

旧校舎に向かって歩きながら、私は先生に、来週の木曜日まで夏休みをもらったことを伝えた。なので取り壊しの日まで、平日はできれば毎日校舎を見に来させてほしい……。そう頼むと、ありがたいことに先生は快く承諾してくれた。

旧校舎に着き、先生は手に持っていた鍵で裏口の扉を開けた。

「ひとりで大丈夫そう?」

「はい、大丈夫です」

「じゃあ私は職員室に戻って仕事してるわね。帰るときにまたひと声かけて」

「わかりました」

私は、去っていく先生の背中を見送ってから中に入った。そのまままっすぐ二階に向かう。

今日も旧校舎内はひどく静かだ。ギシギシと階段のきしむ音がやけに大きく響く。廊下を進み、二年一組の前までやってきた。開け放たれた扉の向こうには空っぽの机が並んでいて、夏の日差しを照り返している。

昨日、何百回と教室の出入りを試してみたけれど、再びみんなが現れることはなかった。もしかすると、私が見たのは一度きりのまぼろしだったのかもしれない。だけどたとえそうだとしても、簡単にはあきらめきれない。

私は深呼吸してから、大きく一歩、教室の中に踏み込んだ。

お願い、神様。どうかもう一度、みんなに会わせて——。

——キーンコーンカーンコーン……。

するとその瞬間、まるで待っていたかのようにチャイムが鳴り始め、頭上から光のシャワーが降り注いだ。

はっと顔を上げると、壁掛け時計が白く輝いていた。その光は徐々に明るさを増していき、やがて私の全身を呑み込んだ。

あまりのまぶしさに、思わず腕で目を覆うと、身体が宙に浮き、ぐるっと一回転するような感覚に陥った。耳の底にガヤガヤした話し声が近づいてくる。

＊＊＊

光がおさまったのを感じ、私は目を覆っていた腕を下ろした。

壁掛け時計を見やると、ついさっきまで一時を指していた短針が、ひとつ戻って十二時——昼休みの開始時刻を指している。止まっていた秒針がカチカチと動いている。

「まさか……」

後ろを振り向くと、そこには再び五年前の教室が広がっていて、みんながにぎやかにおしゃべりしている。

窓際に立っている男の子と、パチッと目が合った。彼はこちらに向かって手を上げ、にっこりと屈託なく笑う。

「リリ、今日はこっちでお弁当食べよーっ！」

それはやっぱり、五年前の唯人だった。

信じられない。また会えるなんて……。

嬉しさと切なさが同時に胸の底から湧いてきて、じわりと視界がにじむ。私の足は考えるより先に走り出し、そのまま倒れ込むようにして唯人に抱きついた。

「戻ってこれた！　私、戻ってこれた！」

その場にいた全員が、いっせいにこちらを振り返る。

「えっ、ちょっ、急にどうしたの？　戻ってこれたって、なに？」

「昨日私、五年後の未来から来たって言ったでしょ？　教室を出た瞬間、元の世界に戻っちゃって……」

それ以上言わなくてもわかるだろうと、私は唇を噛みしめて唯人を見上げた。ところが返ってきたのは……。

「五年後の未来？　元の世界？　ごめん。リリがなんの話をしてるのか、全然わからない。どういう意味？」

期待していたものとは真逆の言葉だった。困ったように首をかしげている唯人に、嫌な予感がする。

「嘘……昨日のこと、覚えてないの？」

「昨日？　なんかあったっけ？」

私と唯人は、言葉の通じない外国人を見るような目でお互いを見た。ふたりの間に沈黙が落ちる。

そんなバカな。あれだけ泣いて大騒ぎして、覚えてないなんてありえない。まさか昨日のことがなかったことになってるの？　というより、今日は何月何日？

私は正面黒板の横の時間割表を見た。そこに書かれている日付に、心臓がドキリと音を立てる。

「ねぇ、唯人」

黒板のほうに顔を向けたまま、途切れ途切れに聞く。

「今日ってまさか……十月十七日……？」

「まさかもなにも、十月十七日に決まってるじゃん。リリ、マジでどうしちゃったの？」

唯人の言葉に、頭のてっぺんからすうっと血の気が引いた。膝が震え、ぐらっと身体が傾く。

「リリ！　大丈夫？」

唯人は倒れかけた私の身体を慌てて支えた。

そんな……。昨日から一日経ってる。〝あの日〟に一日近づいてる！

「凛々子ちゃんたち、なに騒いでるの？」

「大丈夫？」

「どうしたんだ？」

智ちゃんと沙恵ちゃん、それから和也くんがこちらに駆け寄ってきた。他のみんなも、何事かと私の周りに集まってくる。

このままではみんなが死んでしまう。なんとしてもあの事故を食い止めなければ。

私はよろめく足を踏みしめて、どうにか立ち上がった。

「みんな、聞いて！　修学旅行に行っちゃダメ。行ったら全員死んじゃう！」

焦るあまり声がうわずってしまったけれど、構わず続ける。

「私、未来から来たの。正確には五年後の七月二十三日なんだけど……」

しどろもどろになりながらも、とにかく必死で言葉を繋ぐ。しかしみんなは信じられないといった顔で、ぽかんと口を開けている。

なんでもいいからなにか、未来から来たことを証明できるものは持ってない？

私はスカートのポケットに両手を突っ込んでかき回した。だけど出てきたのは、当時愛用していた花柄のハンカチ一枚とスマホのみ。スマホのロックを解除して中を開けてみると、五年前の十月十七日までに保存されたメールや写真しか入っていなかった。

いつも使っているあのスマホだったら、未来から来たことを証明できるものがなにかしら入っているかもしれないのに……いくら探しても見つからない。

なんで？　ズボンのポケットに入れてたはずなのに！

焦りと苛立ちが私をどんどん感情的にしていく。

「とにかく信じて。私、未来から来たの！」

「……ぷっ」

「あははっ、なに、それ」

懸命に訴える私をよそに、沙恵ちゃんと和也くんは吹き出して笑った。

「ド真面目な凛々子が冗談言うなんてめずらしいじゃん」

「冗談なんかじゃない！　本当にみんな死んじゃうの！　修学旅行の日に、バスの事故に巻き込まれて死んじゃうの！」

必死なあまり、出したことのないような荒々しい声で叫んだ。目に涙が浮かび、視界がゆがむ。

すると、ふたりの笑い声がぴたりと止まった。沙恵ちゃんは太いアイラインで縁取られた目を大きく見開く。

「バスの事故で死ぬって……？」

「そうだよ。このままだとみんな死んじゃうんだよ。私、本当に未来から来たの。お願いだから信じてよ」

私は顔をくしゃくしゃにして泣きながら、地団駄《じだんだ》を踏んだ。いい年して子供みたいだけど、信じてほしい一心で、冷静ぶっている余裕なんてなかった。そんな私の様子に、教室内がざわつき始める。

「凛々子ちゃん、どうしちゃったのかな？」

「ついさっきまでは普通だったよね？　なのに突然、未来から来ただの、事故で私たち全員死んじゃうだの、変なこと言い出して……」

「なにかのドッキリとか？」

「それにしては演技うますぎない？」

智ちゃんたちが低い声で、ひそひそとささやき始めた。その声はどれもひどく困惑している。

「いったん、外に出ようか」

唯人が昨日とまったく同じセリフを言って、私の腕を取った。私は反射的にその手を振り払う。

「嫌っ！」

「リリ？」

ヒステリックな声を上げた私に、唯人は一瞬、たじろいだような表情になった。

「教室から出たら私、元の世界に戻っちゃう！　昨日も外に出たらみんないきなりいなくなっちゃって……私っ……」

あぁ、ダメだ。とても冷静じゃいられない。感情のやり場がわからず、私は唯人の胸を叩《たた》いた。

「なんで覚えてないの。なんでっ！」

「ごめん、リリ……」

泣きわめく私を、唯人の両腕がふわりと包み込んだ。理不尽なことを言われているにもかかわらず、唯人はごめん、ごめんと優しく繰り返しながら、私の頭をなでる。

今の私なんかより、五年前の唯人のほうがよっぽど大人だ。おかげで、あれだけ取り乱していたのに、まるで魔法にでもかけられたように気持ちが少しずつ落ち着いてくる。

私は鼻をすすりながら顔を上げた。

「お願い、唯人。みんなを助けたいの。私の話を信じて。お願い……」

すると唯人は、真剣な表情で私の手を固く握った。こちらを見下ろす大きな黒い瞳には、涙と鼻水でぐしゃぐしゃになった自分の顔が映り込んでいる。

「わかった。リリがなにを言っても全部信じるから、ひとつずつゆっくり話してみて」

手のひらを通して、唯人の体温が、生きている証が、身体の中に流れ込んでくるようだった。

　やっぱり夢なんかじゃない。時間が五年前に巻き戻っただけで、これは現実だ。それなら私は、過去を変えたい。みんなが生きている未来が欲しい。

「あのね」

　私は唯人の手を強く握り返し、言葉を一語一語、押し出す。

「さっきも話した通り、私、未来から来たの。修学旅行の当日に高熱を出しちゃって、私だけ行けなくて助かるんだけど、みんなが乗ってたマイクロバスが高速道路で大事故に巻き込まれて、全員死んじゃうの」

「死んじゃうの？　俺たち」

　唯人の長いまつげが揺れる。智ちゃんは、沙恵ちゃんと和也くんとお互いの視線を合わせながら、戸惑いの表情を続けている。

「うぅ……」

　みんなを失ったときのつらさがよみがえってきて、喉が詰まる。だけど今はちゃんと話さなくちゃ。私は胸を大きく膨らませて息を吸った。

「五年後にこの旧校舎が取り壊されることになって、松下先生から最後に校舎を見に来ないかって連絡があったんだ。それでこの二年一組に来たんだけど、教室の中に入った途端、時間が急に巻き戻って」

「時間が巻き戻った、かぁ……」

「初めてタイムリープが起こったのは、昨日なんだ。昨日も同じように、この教室に入った瞬間、時間が五年前に巻き戻ったの。そのときは日付が十月十六日だった。だけど今日来たら十七日になってて……」

涙ながらに話す私に、唯人はすっと眉を下げる。

「さっきの『昨日のこと覚えてないの？』っていうのは、そういう意味だったんだね」

「うん。昨日も私、みんなに『五年後から来た』って伝えたんだけど、パニックのあまり泣いてばかりで、ちゃんと伝えきれなかった」

「そうだったのか。俺の記憶では、昨日のリリは至って普通だった。未来から来たっていう話はしてなかったし、泣くどころか、一日中楽しそうに笑ってた」

「そんな……」

やっぱり昨日の出来事は、全部なかったことになってるの？

唯人は私の手を握ったまま、みんなの顔を見渡す。

「だれか、リリが昨日『五年後から来た』って言ったの、覚えてる人いる？」

みんなはちらっとお互いに顔を見合わせてから、ゆるゆると首を振った。

「なんでだれも覚えてないの……」

そんな言葉が口から吐き出される。もはやだれを、なにを責めているのか、自分でもわからない。

「……っ」

下唇を噛みしめ、心苦しそうに顔を伏せる唯人。言葉を失っている智ちゃん。その隣で目を丸くしたまま固まっている沙恵ちゃんと和也くん。

みんなの記憶は五年前のままで、上書きされていない。すなわち……。

「一度元の世界に戻ると、すべてがリセットされちゃうのかも」

私は両手で頭を抱えた。

「だとすると、修学旅行当日まで、絶対にこの教室を出るわけにはいかない。みんながあのバスに乗るのをなにがなんでも食い止めなきゃ」

「リリ……」

「お願い、みんな。とにかく修学旅行だけには行かないで。行ったら死んじゃう！」

私がしゃべればしゃべるほど、ますますみんなの混乱に拍車をかけた。教室のざわめきが大きくなる。

「なんかマジっぽくない？」

「でもタイムリープなんて、漫画でしか読んだことないよ」

「俺だってないよ……」

半信半疑の声ばかりで、だれも本気で信じている様子はない。だけど信じてもらえなければ、予定通り全員、修学旅行に行ってしまう。

「唯人は私の話、信じてくれる？　信じてくれるよね？」

私はすがるような思いで唯人を見上げた。目からポロポロと熱いしずくがこぼれ落ちてくる。

「お願い。修学旅行に行かないって約束して……」

唯人は私の目元に手を伸ばし、親指でそっと涙を拭いながらうなずいた。

「わかった。リリがそう言うなら、行かない」

それを聞いた瞬間、悲鳴にも似た嗚咽が口からほとばしり出た。私は大声を上げて泣きながら、何度も何度も首を縦に振った。うなずくのに精一杯で、言葉にならない。

みんなを失ってからの五年間、本当に苦しかった。つらかった。寂しかった。みんなの存在は、私にとって光だったから。その光を失い、出口の見えない真っ暗なトンネルの中にひとりたたずんでいるような、孤独と絶望に呑み込まれる日々だった。

唯人が私の手をぎゅっと握った。智ちゃんと沙恵ちゃんは、私の背中をいたわるようにさする。そして和也くんは私に身体を寄せ、そっと肩に手を置いた。

みんなのぬくもりが全身に染み渡ってくる。すごく、温かい……。

話したいことがまだたくさんあるのに、涙は止まるどころか勢いを増してあふれ、嗚咽はいちだんと激しくなった。視界が涙に溺れる。

――キーンコーンカーンコーン……。

私の泣きじゃくる声に、チャイムの音が重なった。壁掛け時計が強烈な光を発し始め、教室が真っ白な光に覆われる。時計を見上げると、針は午後一時を指していた。

次の瞬間、時計が強烈な光を発して輝き始めた。教室の中が真っ白な光で覆われる。

「……りこ……う……たの――」

みんなの声が遠ざかっていく。そのとき、自分の意識が未来に引き戻されようとしているのだとわかった。

嘘、なんで？　嫌だ！　戻りたくない！

だけど願いもむなしく、光は激しさを増し、なにも見えなくなった。

「みんな、どこ？」

必死に両腕を伸ばすも、私の手は宙をつかむだけだった。いくら手探りしても、なにも触れられない。

次の瞬間、ぐらりとめまいがした。すべての音が消え去り、一瞬、聴覚を失ったように耳の奥がしんとなった。

＊＊＊

何秒か完全な静寂が続いたあと、蝉の声がゆっくりと耳に戻ってきた。

「みんな！」

潤んだ視界の先には、空っぽの席が並んでいるだけで、そこにいたはずのみんなの姿はなくなっていた。自分の身体に視線を走らせるけれど、制服を着ていないし、髪も腰まである。

未来に戻ってきてる……。教室から一歩も外に出てないのに、なんで？

私は教室を飛び出し、踵を返して中に駆け込んだ。でも、チャイムは聞こえてこないし、時計も光らない。

「お願い！　時間を戻して！」

泣き叫びながら、何度も何度も教室を出入りした。しかし無反応だった。黒板の上の壁掛け時計は、沈黙と無表情を保ったまま、じっと私を見下ろしている。

教室から出なければ、未来に戻らないいんじゃないの？

私は教室のドアに額を押しつけた。肌に触れる窓ガラスの感触が、氷のように冷たく感じられる。あれだけ泣いたのに、またしても涙が込み上げてくる。

「なんで……なんで……」

扉に跳ね返って、同じ言葉が何度も繰り返し耳に響く。

「……あっ」

途方に暮れている私の脳裏に、ふとひとつの可能性がよぎり、弾かれたように顔を上げた。

みんなに『修学旅行に行かないで』と伝えたことで、未来が変わっているんじゃないか。もし私の言葉で過去が変わり、だれも修学旅行に行っていなければ……。

それは可能性というより、望みだった。

私は教室を飛び出し、新校舎まで全速力で走った。玄関を入り、肩で息をしながら職員呼び出しのベルを五、六回立て続けに鳴らす。するとすぐに、職員室のほうから松下先生が慌てた顔で走ってきた。

「どうしたの、凛々子さん？」

「二年一組のみんなは？」

「はい？」

「みんなはどこですか！」

息を切らしながら叫んだ。額から流れ落ちてくる汗が目にしみるけれど、まばたきせずにまっすぐ先生を見上げる。

「ごめんなさい。言ってる意味がよくわからないんだけど……」

戸惑うように揺れる先生の瞳を見て、心臓が嫌な音を立てた。

聞くのは怖い。だけど確認せずにはいられなかった。私は意を決して口を開く。

「二年一組のみんなは、生きていますか？」

「なに……言ってるの……？」

「だれかひとりでも生きていませんか！」

私はしがみつくようにして先生の両腕をつかんだ。呼吸が荒さを増す。

「なんでそんなこと聞くの？」

「お願いです。イエスかノーで答えてください」

今にも崩れそうになりながら声を振り絞る。

「生きていませんか？」

私の問いかけに、先生は顔を背けて力なく首を振った。

「そんな……」

絶望に目がくらんだ。足から力が抜け、ずるずるとその場に崩れ落ちる。

「凛々子さん、どうしたの？　大丈――」

先生が私に向かってなにか言っているけれど、その声は耳を素通りしていった。

あんなに一生懸命訴えたのに、未来が変わっていない。だれも、生きていない。私の話を唯一信じ、修学旅行には行かないと約束してくれた唯人でさえも。

「こんな……こんなのって……」

悔しくて、むなしくて、やるせなくて。やり場のない感情が、激しく胸の中を暴れ回る。

私は唇を噛んだ。強く力を入れすぎて、口の中に血の味が広がる。目からこぼれ落ちているものが、汗なのか涙なのかわからない。

先生は職員室へ駆け戻っていき、ティッシュの箱を持ってきた。

「よかったらこれ使って」

「うぅ……」

拭っても拭っても、またすぐに新たな涙があふれてくる。わけがわからなくなるくらい、ただひたすら悲しい。

しばらくして、ようやく言葉を発することができるようになると、私はティッシュを目元に当てながら顔を上げた。

「私、みんなに会ったんです」

「えっ？」

「信じてもらえないかもしれないですけど、本当に会ったんです。二年一組の教室に入った瞬間、時間が修学旅行の少し前まで巻き戻ったんです。私、みんなに『修学旅行に行かないで』って必死にお願いしました。だから、もしかしたら未来が変わったかもしれないと思って、ここまで走ってきたんですけど……なにも変わっていませんでした」

そこまでひと息に言って、先生の言葉を待った。

「………」

しかし返ってきたのは、沈黙だった。先生は哀れむような目で私を見ただけで、なにも言わなかった。

わかりきった反応だった。小さな子供じゃあるまいし、タイムリープをしたんだという話を聞いて、はいそうですかと、簡単に信じてくれるはずもなかった。気が狂って幻覚を見たんだ、と思うほうが普通で、信じるほうがおかしい。

私は濡れたティッシュを束にして丸め、ズボンのポケットに突っ込んだ。

教室に戻ろう。タイムリープが起こる条件を見つけることができれば、また過去の二年一組に行けるかもしれない。そのかすかな希望が、私を奮い立たせる。

「私、旧校舎に戻りますね」

「えっ、戻るの？」

先生がおろおろと私の顔をのぞき込む。

「ひとりで大丈夫？　先生もついていったほうが……」

「いえ、ひとりで大丈夫です」

心配する先生にきっぱりと断言して立ち上がった。

「本当に大丈夫？」

「はい。さっきは取り乱してしまってすみませんでした。行ってきます」

私は先生に背を向け、歩き出した。旧校舎に向かう足が、自然と駆け足になる。開け放したままになっている裏口のドアから中に入り、まっすぐ二年一組に向かった。歩調をゆるめず、駆け込むようにして教室に入る。

「…………」

けれど、景色に変化はなかった。チャイムが鳴る気配はなく、時計も一時を指したまま止まっている。

どうすれば過去に行けるの？

外から教室の中に入ったときにタイムリープが起こるのは、ほぼ間違いないと思うんだけど、なにか規則性があるのか、完全にランダムなのかはわからない。昨日と今日とでは、タイムリープが起こった時間は全然違うし……。

踵を返し、教室の外に出た。深呼吸してから、もう一回中に入ってみる。

ダメだ。なにも起こらない。

他の教室はどうだろうか。私は廊下に飛び出し、同じ階にある音楽室に駆け込んだ。しかし結果は同じだった。耳を澄ませてみても、チャイムの音は聞こえない。だったらここは？　その横にある音楽準備室の扉を開け放ち、中に足を踏み込む。

「…………」

こちらも静寂が流れるだけで、なにも起こらない。

一秒たりとも立ち止まっていたくなくて、すぐに他の教室でも同じことを試した。ここもダメ。こっちも、こっちも……。

旧校舎内を走り回り、全教室に入ってみたけれど、過去の世界には行けなかった。やはりタイムリープが起こるのは、あの教室だけかもしれない。そう思い、私は二年一組に戻ってきて、昨日と同様、がむしゃらに教室の出入りをおこなった。何十回、何百回と繰り返す。

「はぁ……」

床に座り込み、壁にもたれかかると、疲労がどっと押し寄せてきた。床に置いたバッグを手繰《たぐ》り寄せて中からペットボトルを取り出し、すっかりぬるくなったお茶を乾いた喉に流し込む。

一度座ったら立てなくなるほど、全身が重く感じる。私は床に座り込んだまま、ぼんやりと窓の外を眺めた。

昨日と今日でタイムリープが起こったのは、時間に関係なく、旧校舎に入って最初にこの二年一組の教室に入ったときだった。

昨日はタイムリープしたあと、教室の外に出たら未来に戻ってきてしまった。今日は教室の外に出なかったのに、昼休み終了のチャイムが鳴った瞬間に元の世界に連れ戻されてしまった。

それはつまり、たとえ教室から出なくても、昼休みが終わると強制的に未来に戻されるということなのか。どちらの場合も、一度未来に戻ってきてしまうと、そのあとはいくら教室の出入りを繰り返しても、再びタイムリープは起こらない。

タイムリープ先の日付は、昨日が十月十六日で、今日が十月十七日だった。時間は十二時。正確には、十二時二、三分。

タイムリープする先は、こちらの世界と日付も時間も異なる。ただ時間の流れだけは同じなのか、前日から日付が一日進んでいた。

タイムリープが起こる条件は、ひょっとして日付？　こちらの日付が変わると、自動的に向こうの日付も一日進んで、タイムリープが起こる仕組みになってるの？

「あぁ、わからない」

私は汗まみれの顔を両手で覆い、天井を仰いだ。

仮に今日はあきらめて家に帰ったとして、明日またタイムリープが起こる保証なんてどこにもない。今日絶対に起こらないと決まったわけでもない。

私は、みんなのいる未来が欲しい。過去を変えられる可能性が一ミリでもあるなら、なんだってやれる。やってみせる。

私は震える足を踏ん張って立ち上がり、教室の外に出た。そしてゆっくりと教室のほうを振り返る。

どうしたらみんなが修学旅行に行かないでくれるのか。唯人ひとりだけを説得してもダメだということなのか。それなら今度こそは、全員に信じてもらえるように話してみせる。

だから……だからお願い。五年前に時間を巻き戻して――。

それから時間が許す限り教室の出入りを試してみたけれど、何度やっても過去には戻れなかった。

もう、明日に賭けるしかない。もし明日もタイムリープが起こってくれたら、次こそはなんとしても、みんなに私が未来から来たことを信じさせたい。

そのためには証明できるものが必要だ。たとえば今の梢田町の写真とか、事故の新聞記事とか……。

だけど、それらを過去に持ち込めるかどうかは定かではなかった。今日、教室に入ったときはポケットに入っていたはずのスマホも、肩にかけていたはずのバッグも、過去に戻ったらなくなっていたから。

持ち込めない可能性のほうが断然高いけど、できることはすべて試したい。

午後五時ちょうど。私は新校舎の玄関に行き、職員呼び出しベルを鳴らした。すると私のことを心配していたらしい松下先生が職員室から飛び出してきた。なんと声をかけたらいいかわからない様子で、口をぱくぱくさせている。

「あの、先生」

私は上目遣いに彼女を見上げ、小さく息を吸った。

「五年前の事故の記事が載った新聞って、学校のどこかに保管してあったりしませんか？」

「えぇ、それはしてるけど……」

「もしよければ、コピーをいただけませんか？」

「えっ？」

眉間にシワを寄せて困り顔になった先生に、私は「お願いします。どうしても必要なんです」と付け加えた。

私の必死の思いが伝わったのか、先生はあまり気が進まないようだったけれど首を縦に振った。

「わかったわ。コピーを取ってくるから、ここでちょっと待っててくれる？」

そう言い残すと、フレアスカートの裾を揺らしながら廊下の奥へと消えていった。

十五分ほど経っただろうか。先生が玄関口に戻ってきて、Ａ４サイズの茶封筒を私に手渡した。

「どうぞ」

「お忙しいところすみませんでした。ありがとうございます」

「いいえ……」

先生は伏し目がちにつぶやいた。言葉が途切れ、重苦しい沈黙が私たちの間に落ちる。

「それでは、そろそろ失礼しますね」

沈黙に耐えかねて私が口を開くと、先生は頬に落ちた髪を耳の後ろにかけ直しながら顔を上げた。

「ええ、気をつけて帰ってね」

「はい、ありがとうございます」

私は茶封筒を胸に抱えながら、小走りで学校をあとにした。裏門の脇に置いてある自転車にまたがり、しばらく走らせてから道の脇に止めて、茶封筒の中身をそっと取り出す。

【二〇XX年十月二十五日。修学旅行中の梢田高校の生徒らが乗ったマイクロバスが、プロパンガスを積んだ大型トラックと衝突した事故で、乗員乗客十七人全員の死亡が確認された――】

そこに書かれているのは、胸が苦しくなるような内容だった。それでも目を逸らさずに、最初から最後まで全文読んだ。

絶対に過去を変えてみせる。なにがなんでも、私がみんなを助けてみせる。

私は新聞のコピーを封筒に戻し、力を込めてペダルを踏んだ。夕暮れの梢田町を自転車で走り回り、スマホのカメラで街の風景や建物を手当たり次第に撮っていく。風景や建物だけじゃ足りないと思い、五年後の自分の姿も何枚か撮った。それらをコンビニへ持っていき、すべてプリントアウトすると、五十枚近くになった。

夢中であちこち駆け回っていたら、いつの間にか月が出ていた。それまで気づかなかった虫の声が、優しく鼓膜を震わせる。

なにかに対して、ここまで一生懸命になったのはいつ以来だろう。自分の中にまだこんなにも熱い感情が残っていたなんて……。

心なしか、空に浮かぶ月がいつもより明るく輝いて見えた。

第四章　しおりの約束

次の日の朝、泥のような眠りから覚めると、すでに午前十時を回っていた。カーテンから透ける陽光の色合いからして、今日も暑い日になりそうだ。

もし私の予想が正しければ、おそらく今日最初に教室に入ったときに、再びタイムリープが起こるはず。……というより、起こってほしかった。

出かける支度をしようと、私はベッドから身体を転がすように降りた。二日連続で幾度も教室の出入りを繰り返したせいで、全身が筋肉痛になり、鉛のように重い。

重い足を動かして窓辺に近寄り、カーテンを開け放った。窓の外には、雲ひとつない澄み渡った夏の空が広がっている。

空を見上げながら、今日こそは、と決意する。

昨日とおとといは、せっかく過去に戻れたのに泣いてばかりでちゃんと話ができなかった。もしも今日また五年前に戻ることができたら、今度こそは絶対に泣かない。私がちゃんと二十二歳の大人らしく落ち着いて話をすれば、きっとみんなも信じてくれる。そうすれば、過去が変わるかもしれない。

窓の外に投げていた視線を机の上に移した。そこには、昨日コンビニで五十枚近くプリントアウトした写真を収めたアルバムと、事故の記事が載っている新聞のコピーが数枚置かれている。

「行こう」

私はそれらをカバンに詰め込み、手早く身支度を整えて学校に向かった。

学校に着き、玄関のベルを鳴らすと、すぐに松下先生が出てきた。

「こんにちは、凛々子さん」

「こんにちは」

「今日も暑いわね」

「そうですね」

短い沈黙を挟んで、先生は「あの」と改まった声を出した。

「今日は私も凛々子さんと一緒にいていいかしら？」

「えっ？」

「昨日『二年一組のみんなに会った』って言ってたでしょ？　そのことがずっと気になってて……」

先生の言葉に、はっと息を呑む。松下先生もあの教室に入って、私と一緒にタイムリープできれば、間違いなく大きな力になる。そう思ったら、うなずかないわけにはいかなかった。

「先生がよろしければ、ぜひ一緒に来てください！」

「ありがとう。それじゃあ、行きましょうか」

「はい」

今日はなにかが変わりそうな予感がする。

これだけ準備万端なんだ。きっと大丈夫。

私ははやる気持ちを抑えて、先生と一緒に二年一組の前までやってきた。

スマホで時刻を確認すると、十一時二十二分だった。扉の前で、私はバッグの中から新聞のコピーとフォトアルバムを取り出す。

「それは？」

「私が未来から来たことを証明するためのものです。これをうまく過去に持っていければいいんですけど」

「…………」

先生は私の説明に対してなにも言わなかった。今から一緒に五年前へ戻ればすべてわかってもらえるだろうから、私もあえて言葉を付け足したりはしなかった。

ぎこちない沈黙がふたりの間を流れる中、私はゆっくりと前に向き直る。右腕に新聞とフォトアルバムを抱え、反対の手で先生の手首を握った。自分の耳に聞こえるくらい、心臓がばくばくと大きな音を立てて鳴っている。

お願い。今日もみんなに会わせて……。

心の中で強く願いながら、私は先生の手を引いて歩を進めた。

——キーンコーンカーンコーン……。

私たちが教室の中に入ったのと、チャイムの音が耳を打ったのはほとんど同時だった。驚きや混乱よりも、使命感に似た感情が胸の中にみなぎる。

私は先生の手首を握っている左手に、ぎゅっと力を込めた。

「私が話していたのは、このチャイムのことです！」

「チャイム？」

「えっ、聞こえてないんですか？」

先生は耳を澄ませるような仕草をしたあと、首をかしげた。

「なにも聞こえないけど……」

嘘っ、なんで？　こんなにはっきり鳴っているのに、聞こえないはずがない。

——と、次の瞬間、教室の中が真っ白な光に覆われた。私は咄嗟に目をつぶる。

「……凛々子さん……した……こさ——」

先生の声が一気に遠のき、代わりににぎやかな声が近づいてくる。

＊　＊　＊

まぶたの向こうで、すうっと光が薄れていくのを感じ、静かに目を開けた。

するとそこには、五年前の二年一組が広がっていた。みんながあたりまえのようにそこにいる。

「戻ってこれた……」

胸に熱いものが込み上げ、じわりと視界が潤んだ。足元から震えが駆け上ってくる。取り乱しちゃダメ。とにかく落ち着いて。

私は鼻から息を吸い、ゆっくりと吐き出しながら、自分の手元に視線を落とした。腕に抱えていたはずの新聞とフォトアルバムも、一緒に教室に入ったはずの松下先生の姿もない。

どういうこと？　私だけタイムリープしたの？

壁掛け時計を見上げると、針は十二時を少し過ぎたところを指していた。視線をそのまま正面黒板の横の時間割表に動かす。

【十月十八日　木曜日】

【修学旅行まであと七日！】

心臓が、胸を力強く蹴り上げた。

やっぱり一日経っている。〝そのとき〟が、刻々と迫ってきている……。

動揺を胸の底に沈めながら、教室の中に視線を戻す。

窓際の席に座っている金髪の男の子。窓から差し込む柔らかな日差しを浴びて、その整った横顔は白く光っている。

「唯人……」

唇をきつく噛みしめ、あふれ出そうになる涙をこらえる。

泣いている場合じゃない。唯人に……みんなに……昨日のことを覚えているかどうか確認しなきゃ。

私が近づくと、唯人は冊子に落としていた視線を上げた。

「おっ、リリ。どうしたの、そんな怖い顔して」

「――っ」

唯人が机の上に広げているものを見て、開きかけた口は音を発することなく固まった。そこにあるのは、修学旅行のしおり。

「それって……」

私は小刻みに震える指で冊子を指した。

「あぁ、これな。自由行動の時間、どこに行こうか考えてたんだ。修学旅行、本当に楽しみだよな。早く来週になってくれないかなぁ」

唯人はにこにことしおりを眺めながら、歌うように言う。

喉に嗚咽が渦巻いて、私は奥歯を強く噛みしめた。そうしていないと、今にも泣き叫んでしまいそうだった。

聞くまでもなかった。唯人はなにも覚えていない。あれだけ一生懸命訴えたのに、昨日のことは完全になかったことになっている。

「リリはどこ行きたい？」

悪気のない顔でそう聞く唯人に、気が遠くなりそうになった。

「なになに？　修学旅行の話？」

そこへ、智ちゃんたちが集まってきた。

「うん。自由行動の時間、どこに行こうかってリリと話してたんだ。みんなはどこに行きたい？」

「そりゃあもちろん、美術館でしょ」

すかさず答える智ちゃん。それに対して、沙恵ちゃんと和也くんが同時に「えーっ！」と不満たっぷりの声を上げる。

「私は渋谷でショッピングしたい」

「俺も渋谷がいい」

「やっぱ東京っていったら、渋谷だよね」

「だよなーっ」

盛り上がっているふたりに対し、今度は唯人が「いやいや」と反論する。

「東京っていったら、『鹿公園《しかこうえん》』でしょ。みんなで野生の鹿におせんべいあげようよ！」

「……？」

「……？」

「……？」

沙恵ちゃんたちは一瞬ぽかんとしたあと、顔を見合わせて吹き出した。

「今の聞いた？　この人『鹿公園』が東京にあるって、本気で思い込んでるんだけど！」

「ぎゃははっ、それはやばい！　マジウケる！」

沙恵ちゃんと和也くんがバシバシと机を叩く。

「天然もここまでくると、もはや天然記念物ね」

そこに、智ちゃんの渾身《こんしん》の辛口ギャグが入った。

「ちょっと、委員長。そんなドヤ顔でつまんないギャグ言うのやめてー」

「本当！　ちょーつまんねぇ！」

つまらないと返したわりに、沙恵ちゃんと和也くんは喉の奥が見えるくらい大きな口を開けて爆笑している。智ちゃんも自分のギャグが相当おかしかったのか、お腹を抱えて笑う。

しかし私には、すぐ近くにあるはずのみんなの笑い声がひどく遠くに聞こえた。

「ねぇ、リリ。なんでみんな笑ってるの？」

唯人はきょとんとした顔で私を見上げた。

このやりとり、覚えてる。このとき、私もみんなと一緒になって大笑いした。そして唯人に、『そうだね。私も唯人と一緒に、鹿さんにおせんべいあげたいな』と言ったんだ。

私はみんなが本当に……本当に大好きだった。

背が高く、目鼻立ちのはっきりした大人っぽい顔立ちだけれど、中身はちょっと天然で、子犬のように無邪気な唯人。

一見勉強にしか興味がないように見えて、人一倍情に厚く友達思いで、私が困ったり悩んだりしたときはだれよりも親身になってくれた智ちゃん。

派手な髪型とピアスで見た目は不良っぽいけど、学校が大好きでいつもたくさんの笑いと元気をくれる沙恵ちゃんと和也くん。

みんなと離れ離れになる日が来るなんて、考えたこともなかった。学校を卒業して大人になっても、ずっと変わらず一緒にいられると思っていた。それを信じて疑わなかった。だけど現実は、私の思い描いた未来とは真逆の方向に流れていった。

知らず、涙が頬を伝っていた。あれだけ泣かないと決めていたのに、私の意思を無視して勝手にあふれてくる。

「ちょっ、リリ。なんで泣いてるの！」

弾かれたように唯人が立ち上がった。その拍子に両腿《りょうもも》で机を蹴り上げてしまい、ガシャン、と大きな音を立てて机が倒れる。

鹿公園の話で大笑いしていた智ちゃんたちの声が止まり、教室にいる全員がいっせいにこちらを振り返った。

泣いているだけじゃ、昨日となにも変わらない。私はここへなにしに来たの？　過去を変えたいんでしょ？

私は制服の袖で乱暴に涙を拭って顔を上げた。表情を引き締め、心を奮い立たせる。

「あのね、みんな。私、五年後の未来から来たんだ」

私の口から飛び出した突飛な言葉に、みんなは「えっ？」と目を丸くする。

「今日で過去に戻ってくるの三回目なんだけど、戻ってくるたびにみんなの記憶がリセットされちゃって、だれも昨日のことを覚えてないの。だからもう一度話すね」

震える唇を動かし、言葉を絞り出す。

「みんな、修学旅行に行かないで。行ったら、バスの事故に巻き込まれて死んじゃう」

私の言葉に、みんなの表情が凍りついた。昨日とは明らかに違う反応だ。だれも笑う人はいない。頭ごなしに『冗談でしょ』と言う人もいない。

「昨日もおとといも、みんなに未来から来たことを一生懸命伝えたんだ。でも唯人以外、だれも信じてくれなかった。タイムリープなんてありえない、バカバカしいって思うよね。それでもお願い。私の話を信じてほしいの」

私は膝に頭がつきそうになるくらい深く頭を下げた。目からこぼれた涙がぽたぽたと床に滴り落ちる。

教室の中に、ざわめきが波のように広がっていった。唯人が私の腕をそっと握って身体を起こさせる。

「俺たち、修学旅行の日に死んじゃうの？」

「……うん。来週の修学旅行、私だけ高熱を出して行けなくなるんだけど――」

途中で胸が苦しくなって、何度も大声で泣き出しそうになった。それを必死の思いでこらえながら、みんなの命を奪ったあのおそろしい事故の一部始終を事細かに話す。

「――お願い、みんな。私の話を信じて。修学旅行に行かないで」

クラスメイトたちは戸惑うようにお互いの顔を見合わせた。静まり返っていた教室が、再びざわつき始める。

「凛々子の言ってることどう思う？」

「いやぁ、さすがにタイムリープはないでしょ。ありえないよ」

「でも事故の状況とか、そのあとのこととか、すごくリアルじゃなかった？」

「じゃあ予知夢とか？」

半信半疑の声が飛び交う中――。

「昨日の俺が信じたように、今日の俺もリリを信じるよ」

唯人はそう言い切ると、私の肩に手をかけ、自分のほうに向き直らせた。こちらを見下ろす瞳がわずかに潤んでいる。

「今までつらかったよな。寂しかったよな。ごめんな、ひとりにして」

ほとんど聞き取れないほど低く、優しい声だった。

途端に自分の中で、ばちんとなにかが音を立てて弾け飛んだ。熱いものが、めまぐるしい勢いで全身を駆け巡る。

「うん、すごくつらかった。寂しかった。お願い、もうひとりにしないで……」

すると唯人は、机の上に広げてあった修学旅行の冊子を閉じ、表紙に黒の油性ペンで大きく【行くな！　行ったら事故に巻き込まれて死ぬ！】と書き込んだ。そしてそのまま自分の机に【明日の自分へ】と書き始めた。

【十月十八日。今日、五年後の未来からリリが来た。修学旅行の日、リリ以外の全員が、バスの事故に巻き込まれて死ぬ。リリは昨日もおといも俺たちに『修学旅行に行くな』って伝えに来てくれたのに、俺たちの記憶は一日でリセットされてしまうらしく、昨日のことをだれも覚えていない。修学旅行に行くな！　とにかく行くな！】

そこに並ぶ筆圧の強い少し右上がりの文字。唯人はその上に額を押しつけた。

「俺、今日のこと忘れない。忘れたくない」

「唯人……」

「私も凛々子ちゃんの話、信じる」

智ちゃんは自分の席へ駆け戻っていき、赤い手帳を持ってきた。それを私の前で広げ、唯人と同様、未来の自分に宛てたメッセージを書き込む。

「私、タイムリープとか、そういう非科学的なことは信じてないけど、凛々子ちゃんの……親友の言葉なら信じる」

「私も信じる」

「俺も」

沙恵ちゃんと和也くんは制服のポケットからスマホを取り出し、【修学旅行に行っちゃダメ】と打ち込んだ。するとそれを見ていたクラスメイトたちも、口々に「やっぱり本当なんじゃない?」とささやき始める。

……変えられる。これならきっと、過去を変えられる!

私は制服のスカートを両手でぎゅっと握りしめながら、もう一度頭を下げた。

「みんなが私の話を信じきれないのはわかる。だけどこれは、私からの一生のお願いです。どうか来週の修学旅行にだけは行かないで。お願いします」

私の必死の思いが届いたのか、思案するような沈黙を経て、クラス全員が力強く首を縦に動かした。

「わかった。修学旅行には行かない」

「もし凛々子ちゃんの話がただの空想だったとしても、この忠告を無視して修学旅行には行けないよ」

「凛々子が未来から来たって話、不思議と本当な気がするんだよな」

「だよね」

疑いの声しかなかった昨日とは違い、賛同の声が広がる。

そこへ、智ちゃんが教卓の前に立ち、ぱん、と手を打ち鳴らした。

「全員、修学旅行のしおりを出して」

みんなはそれぞれ自分の席へ戻っていき、指示された通りに引き出しの中から修学旅行のしおりを取り出した。

「さっき唯人くんがしたように、自分のしおりの表紙に『修学旅行に行っちゃダメ。行ったら死ぬ』って書いてほしいの。万が一明日、凛々子ちゃんの言う通り私たちの記憶がリセットされても、全員のしおりに同じことが書いてあれば、異変に気づくはずだから」

智ちゃんの提案に、みんなはいっせいに冊子の表紙にペンを走らせ始めた。その光景に、胸が焼けるように熱くなる。

私は天井を仰いで、わっと手放しで泣いた。なにか言おうとして口を開いたけれど、言葉にならなかった。代わりに次から次へと涙があふれてくる。

これで本当に過去が変わるかもしれない。みんなと一緒に高校を卒業して、一緒に年を取って、大人になって。進む道は別々だけれども、電話一本でまたこの場所に集まることができる未来がくるかもしれない。

たとえどんなに離れていても、地球の反対側に行ってしまったとしても、生きている限り、必ずまた会うことができる。

ふいに、二十二歳になったみんなと思い出話に花を咲かせながら肩を叩き合って笑っている未来が、頭の中に広がった。

「リリ」

唯人は修学旅行のしおりを両手に持ち、表紙をまっすぐ私に見せた。

「俺たちは死なない。絶対に、死なない」

みんなも自分のしおりを高く掲げ、力強くうなずく。

──キーンコーンカーンコーン……。

そのとき、チャイムが鳴り始めた。午後一時を指す時計から光が降り注ぎ、教室を真っ白に包み込む。

「……たちも……いに……いから──」

みんなの声が遠ざかっていく。未来に、戻される……。

「みんな、今日のこと忘れないで！　修学旅行に行かないで！」

私は唯人たちに向かって、ありったけの声を張り上げた。けれどその声は静寂に呑み込まれ、ほとんど耳に届かない。それでも私は、「忘れないで」「行かないで」と繰り返し叫び続ける。

次の瞬間、ぐん、と身体がものすごい力で引っ張られるような感覚に襲われた。

＊＊＊

「――さん……凛々子さん！」

だれかが私の名前を呼ぶ声がして、はっと後ろを振り返った。松下先生がこちらに駆け寄ってくる。

「急にどうしたの？　大丈夫？」

教室の中に視線を走らせると、真夏の日差しが空席を照らしているだけで、みんなの姿はなかった。腕に抱えていた新聞とフォトアルバムがどさっと音を立てて床に落ちる。

「みんなは？」

「はい？」

「二年一組のみんなですよ！　生きてるんですよね？　そうですよね？」

私は先生の両腕をつかみ、前後に揺すった。けれど、先生はわけがわからないといったように目をまたたかせる。

「凛々子さん、落ち着いて」

「お願いですから、答えてください！　みんなは生きてるんですよね？　修学旅行には行かなかったんですよね？」

「ねぇ、本当にどうしちゃったの？　変よ。亡くなったみんなのことを『生きてるんですよね？』だなんて……」

先生の容赦ない言葉が、鋭く鼓膜を突き抜ける。

「亡くなった……みんな……」

足元が崩れ落ちたような絶望感に襲われた。全身から力が抜け、すとんと床に尻をつく。

「凛々子さん、どうしたの？　大丈夫？」

私は床に落ちている新聞に腕を伸ばし、手元に手繰り寄せた。そこに書かれている記事――過去は、なにひとつ変わっていない。その事実が、現実感を伴って心に重くのしかかってくる。

みんなは『修学旅行に行かない』と確かに約束してくれた。それなのに、なぜ？

どんなにあがこうと、あの日、あの時間、あの場所で、みんなが死んでしまう運命は変えられないってこと？　みんなを助けられる方法はないの？

「絶対に死なないって言ったじゃん……」

あふれた涙が新聞の上に滴り落ちて、弾けた。

「ねぇ、凛々子さん。もしかして、亡くなったみんなの姿が見えるの？」

先生は私の背中に手を置き、深刻そうに眉をひそめた。

私が見ているものは、〝亡くなった〟みんなじゃない。〝生きている〟みんなだよ。

そう言い返したいのをこらえ、新聞記事を見つめたまま、「はい」とうなずいた。

「この教室に入った瞬間、チャイムが鳴って、教室が真っ白な光に覆われるんです。光がおさまると、そこは五年前の教室になっていて、二年一組のみんながいるんです」

「チャイム、ねぇ……」

先生は首をひねる。

「この前も話したけど、旧校舎のチャイムはとっくの昔に切ってあるの。もう何年も鳴っていないわ。実際に今日も鳴ってなかったし」

「でもあれが空耳だとは思えません。それくらいはっきり聞こえるんです」

「そう……」

先生は私の背中に置いていた手を静かに下ろしてうつむいた。

「凛々子さんの様子がおかしくなったのは、その『チャイムが聞こえる』って口にした直後なのよね」

「直後？」

その言葉の意味をすぐには呑み込めず私が聞き返すと、先生は視線を床に落としたまま口を動かした。

「そうよ。『チャイムが聞こえる』って言ったあと、いきなり窓のほうに走っていって、『今日のこと忘れないで！　修学旅行に行かないで！』って大声で叫んだの。それから私のほうを振り返って『二年一組のみんなは生きてるんですよね？』って……」

先生の言葉に、私は慌ててズボンのポケットからスマホを取り出した。時刻は十一時二十六分と表示されている。

この教室に入ったのは、十一時二十二分だった。過去の世界に一時間いたはずなのに、現実世界では時間がほとんど経っていない。

「私、凛々子さんのことが心配だわ。みんなとの思い出の場所がなくなっちゃうことがショックなあまり、幻覚を見たり幻聴を聴くようになって、このまま現実との区別がつかなくなってしまったらどうしようって」

先生は眉を下げ、本当に心配そうな顔をした。しかし〝幻覚〟〝幻聴〟という単語が、私の胸のなにかを刺激した。

私は確かにみんなに会った。交わした会話も、触れたぬくもりも、全部本物だ。

「違います。幻覚なんかじゃありません」

私はムキになって言い返す。

「この現象が最初に起きたのは三日前でした。それで――」

一度話し始めると、堰《せき》が切れたようになった。

タイムリープ先の日付が修学旅行の九日前から始まり、こちらが一日経つと、向こうの日付も同じように一日進んでいること。教室から出る、または昼休み終了のチャイムが鳴ると、未来に戻ってきてしまうこと。一度未来に戻ってきてしまうと、その日はもうタイムリープが起こらないこと。翌日になると、全員の記憶がリセットされてしまっていること。

先生に言葉を挟む隙を与えずに、口を動かし続ける。そして全部説明し終えてから
ふと、あることに気がついた。

タイムリープ先は五年前の十月十六日から始まり、翌日になると日付が一日進んでいて、今日は十八日だった。このまま日付が一日ずつ進んでいくと、修学旅行の日、つまり十月二十五日は七日後。そして旧校舎の取り壊しが始まるのも、ちょうど七日後……。

風が吹きつけたのか、窓がガタガタと音を立てて揺れた。

修学旅行の日と、旧校舎取り壊しの日が重なっている。とても偶然だとは思えない。

一日に一度、昼休みのたった一時間だけ行くことのできる五年前の教室。その世界は、運命を変えようと必死にもがく私に背を向け、ただ静かに、一歩一歩、終わりに向かって進んでいる。

それを悟った瞬間、怖くなった。恐怖が全身を駆け巡り、私は頭を抱えて叫んだ。

「そんなの嫌っ！　校舎を取り壊さないでください。教室がなくなっちゃう。みんながいなくなっちゃう」

「凛々子さん、落ち着いて」

「うぅっ、取り壊さないでよぉ……」

先生は泣きわめく私を抱き寄せ、「ごめんなさい」と謝った。

「私のせいで、凛々子さんにこんなつらい思いをさせてしまって。悲しい記憶をよみがえらせてしまうから、本当はこの教室を見せるべきじゃなかったんだわ。それなのに私は……」

「うぅ……」

言葉にならない声があふれ出る。

違う。先生はなにも悪くない。だってこの旧校舎に来ると決めたのは、他のだれでもない自分なんだから。

「私があのとき連絡さえしなければ、凛々子さんがこんなふうになることはきっとなかった。無責任なことをしてしまってごめんなさい。本当にごめんなさい……」

それは、消え入るような声だった。先生は、私が幻覚を見るようになってしまった原因が自分にあるのだと、責任を重く感じているようだ。それが私の胸をさらに強く締めつける。

こんな未来しか残されていないというのなら、いっそのこと、私もみんなと一緒にまぼろしになって消えてしまいたい。

行き場のない感情が、津波のように襲いかかってくる。

「うわあああん！」

私は校舎中に響き渡るような大声で泣き叫びながら、何度も教室の外に飛び出しては、中に駆け戻った。

そんな私を、先生は気の毒そうに見つめていた。

第五章　懐かしい味

目を覚ますと、けたたましい蝉の声ではなく、雨音が部屋の中を満たしていた。カーテンの向こうはどんよりとしていて、電気をつけないと手元すらよく見えないほど視界が薄暗い。

私は泣き腫らした目をこすりながらベッドから起き上がり、カーテンの隙間から外をのぞいた。雨が道路を叩いていて、まるで私の心を反映させたような灰色の雲が空一面を覆っている。

昨日あれから何度も教室の出入りをおこなってみたけど、結局、タイムリープは起こらなかった。

やはり時間が巻き戻るのは、一日に一度だけ。その日最初に教室の中に足を踏み込んだとき。

なぜ過去が変わらなかったのか、それはいくら考えてみてもわからなかった。たとえ記憶がリセットされたとしても、あのしおりのメッセージを無視して、みんなが修学旅行に行ってしまったとは思えない。だったらどうして……。

私はカーテンから手を離した。ここであれこれ考えていても仕方ない。とにかく二年一組の教室に行って、確かめなきゃ。

スマホで時刻を確認すると、午前九時半だった。雨で自転車は使えないから、今日はバスで行くしかない。

時刻表を調べてみると、前のバスはちょうど出てしまったところで、次は一時間後だった。こんな片田舎に住んでいるにもかかわらず、いまだに車の免許を取っていない自分を恨めしく思う。

家から勤め先のスーパーまでは歩いて十分もかからないし、大学を中退してからはその二箇所を往復するだけの毎日だったから、免許の必要性を感じたことすらなかった。けれど車を運転できないと不便だと言う人たちの気持ちが、今ならほんの少しだけ理解できるような気がする。

それから私は持て余した時間を潰す方法もわからずに、しばらくぼんやりと過ごしたあと、必要最低限の身支度だけ整え、おしゃれのかけらもない黒い長靴に足を突っ込んでバス停に向かった。太陽は出ていないけど湿度が高く蒸し暑い日だ。ちょっと歩いただけで身体中が汗ばむ。

約束の十時半より二十分ほど遅れて学校に到着し、玄関のベルを鳴らした。職員室のほうから足音が近づいてくる。

「おはよう、凛々子さん」

出迎えてくれたのは、目の下に隈《くま》ができた松下先生だった。その隈を作っている原因が自分かもしれないと思うと、心底申し訳ない気持ちになる。私はいつもより丁寧に頭を下げた。

「おはようございます。すみません、遅れちゃって」

「いいの、いいの。そんなことより、ひどい雨ね。濡れたでしょ？」

「いいえ、案外大丈夫でした」

「ならよかった。天気予報だと明日には天気が回復するみたいね」

「そうですね」

話はあまり弾まず、すぐに途切れてしまった。会話がなくなると、重い沈黙が私たちの間に沈み込んできて、なんだか息苦しく感じた。先生は右手に持っている旧校舎の鍵をぎゅっと握りしめる。

「……行く？」

その問いかけに、私は小さくうなずく。

「毎日毎日、すみません」

「ううん、いいの」

先生は眉を下げて微笑むと、スリッパを脱いでパンプスに履き替え、傘立てに差してある薄桃色《うすももいろ》の傘を手に取った。

旧校舎に向かって歩いている間、先生はひとこともしゃべらなかったし、私もあえて話しかけるようなことはしなかった。沈黙の中、ビニール傘に当たってぱらぱらと弾ける雨粒の音だけが耳に響く。

先生は旧校舎の裏口の扉を開けて中に入ると、濡れた傘を玄関脇に置き、そのまま二年一組の教室に向かって歩き出した。私も無言でそのあとをついていく。

教室の前までやってきたとき、ずっと黙り込んでいた先生が口を開いた。

「私、やっぱり凜々子さんのことが心配だわ。また幻覚が見えたり、チャイムの音が聞こえたりしたらどうしようって」

「心配をかけてしまってすみません。でも大丈夫です」

毅然《きぜん》と言ったつもりが、外の雨音にかき消されてしまいそうなほど小さな声になってしまった。先生の目から不安の色は消えない。そのまなざしが、私の中の不安をいっそうかき立てる。

昨日のことをだれも覚えていなかったら、と思うと足がすくんで、教室の中に入ろうとしても、なかなか一歩が踏み出せない。

未来が変わっていないということは、ほぼ間違いなく記憶がリセットされてしまっている。その現実を見るのは怖い。だけどそれ以上に、みんなに会いたい。

私は息を吸い込み、顔を上げて窓の向こうに視線を伸ばした。空は暗く、霧のような小雨が降っている。

「入りますね」

震える足を大きく一歩、二歩、と前へ進めた。すると。

――キーンコーンカーンコーン……。

チャイムが鳴り始めた。声が出そうになって、咄嗟に息を止める。

視界が大きく揺らいだ次の瞬間、教室の中がぱっと白い光に覆われ、まぶしくて思わず顔を伏せた。

＊＊＊

視界が開けると、空っぽだった教室が二年一組の生徒たちであふれていた。あちこちから話し声や笑い声が聞こえてくる。

目だけ動かして、おそるおそる正面黒板の横の時間割表に書かれている日付を確認する。

【十月十九日　金曜日】

やっぱり日付が一日進んでいる。その事実に心臓の鼓動が速くなり、焦燥感が全身に広がっていく。

視線を教室に戻すと、唯人は席に座って周囲の男子たちと笑いながらしゃべっていた。窓の向こうに雨雲はなく、澄み渡った秋の空が広がっている。

ふと、自分が腕に大きな紙袋を抱えていることに気づく。中をのぞいてみると、可愛い袋に包装された焼き菓子がいっぱい入っていた。

なんだろう、これ……と考えていると、クラスの女子たちが数人、にこにこしながら私の周りに集まってきた。

「凛々子ちゃん、今日はクッキー作ってきてくれたんでしょ？」

「朝からずっと楽しみにしてたんだよね」

「いつもありがとね！」

あぁ、そうだった。高校の頃、よくお菓子を作ってはみんなに配っていた。きっとこれは〝昨日の私〟がみんなのために焼いたお菓子だ。

「ねぇ、みんな」

私は紙袋を抱えている両腕に力を込めた。

「昨日のお昼休みのこと、覚えてる……？」

「昨日の昼休み？　なにかあったっけ？」

女の子たちはそろって首をかしげる。その反応に、自分の身体の中をなにか冷たいものが走り抜けていった。

「ちょっとごめん」

私は紙袋を持ったまま、すくみそうになる足をなんとか動かして唯人に近づく。

「でさ、びっくりして俺――」

「ねぇ」

夢中でしゃべっている唯人に横から声をかけ、無遠慮に会話を遮った。唯人はくるっと私のほうを振り返る。

「おう、リリ。どうした？」

「――っ」

唯人の机が視界に大きく映り、声が詰まった。あれだけ目立つ文字で【修学旅行に行くな！】って書いてあったのに、まるでそんなものなど初めからなかったかのように、跡形もなく消えている。

机を見つめたまま動けなくなった。指先がしびれ、感覚がなくなっていく。

記憶だけじゃなかった。起きた出来事すべてがリセットされてしまうんだ。

私はほとんど唇を動かさずに、「昨日のこと、覚えてる？」と聞いた。

「昨日？」

唯人は少し考える素振りを見せてから、肩をすくめて笑った。

「ごめん、なんだっけ？」

一瞬、世界の音が消えたような錯覚を引き起こした。

聞きたくない言葉。見たくない現実。胸の底に悲しみと絶望が濁流のように流れ込んでくる。

覚えていなかった。だれひとり。

頭ではわかっていた。でもきっと、心のどこかで期待してしまっていた。たとえクラス全員が昨日のことを忘れていたとしても、唯人だけは覚えていてくれるんじゃないかって。

今まで過去を変えようと必死になっていたけど、そんな方法、初めからなかったのではないか。先生の言う通り、ただ都合のいい幻覚を見ているだけなのではないか。

そう思ったら、目の縁が熱くなり、視界がじわっとにじんだ。虚空に放り出されたような孤独感に襲われる。

「どうしたの、リリ？」

心配顔で尋ねる唯人に、私はかろうじて微笑み返す。

「ううん、なんでもない」

頬が引きつってうまく笑えている自信はなかったけれど、とにかく口角を持ち上げた。そうしていないと、今にも泣き崩れてしまいそうだったから。

「えっ？　なんでもないことはないでしょ」

「本当になんでもないの」

込み上げてくる涙をごまかそうと、私は紙袋に手を入れて中からクッキーを取り出した。

「そんなことより、クッキーいっぱい作ってきたから、みんな、よかったらもらって」

「おーっ、ありがとう！」

唯人がクッキーの袋を頭の上に乗せて、はしゃいだ声を上げた。他のみんなも大げさなくらい喜んでいる。

「うわぁ、めっちゃ可愛い」

「食べちゃうのもったいなーい」

女の子たちは私の作った動物型のクッキーを机の上に並べ、スマホでパシャパシャと写真を撮り始めた。あちこちでシャッター音が響く中、私の隣で、唯人がぱくっとクッキーにかじりつく。

「うっまーい！　やっぱリリの作るお菓子は世界一だね」

「ちょっと、唯人くん。デザートは普通、食後に食べるもんでしょ」

智ちゃんが口をもぐもぐさせながら、説得力ゼロのセリフを飛ばす。

「そういう委員長だって、我慢できずに食べてるじゃーん」

「本当だーっ」

みんなが智ちゃんを指差して大笑いしている。ウサギの形をしたクッキーを頬張りながら、智ちゃんもくすっと肩をすぼめて笑う。

あの事故でみんなを失ってからめっきりお菓子を作らなくなってしまったけれど、将来は自分のスイーツショップを開きたいと本気で思っていたほどに、当時の私はお菓子作りが大好きだった。自分が作ったお菓子を通して人を笑顔にできることが、なによりの喜びだった。忘れていた感情を思い出し、胸が熱くなる。

「はいっ、リリ。あーんして」

唯人は食べかけのクッキーを、冗談っぽく私の口元に差し出してきた。

「なーんて、リリがこんなバカップルみたいなことしてくれるわけ――」

私は唯人の差し出したクッキーにかぶりついた。勢い余って唇が彼の指先に当たると、どっと歓声が湧き起こった。だれかがヒューヒューと口笛を吹き鳴らす。

高校生の頃の私は、人前で手を繋ぐことができないほど恥ずかしがり屋だった。だからまさか私が食べるとは思っていなかったようで、唯人は目を丸くしている。

口の中いっぱいに広がるバターの風味と、ホロッと崩れるような食感に、喉元までせり上がってくるような懐かしさを覚えた。

みんなとの楽しかった日々が。毎日あたりまえのように一緒に過ごし、笑いの絶えなかったあの日々が。舌を通して鮮明によみがえってくる。

――ぽろっ。

そのとき、自分の目から大粒の涙がこぼれ落ちた。

「ちょっ、リリ？　どうした？」

唯人は慌てたように私の顔をのぞき込んだ。他のみんなも「大丈夫？」「どうしたの？」と駆け寄ってくる。

あぁ、やっぱりみんなのいる未来が欲しい。たとえなにも変わらないのだとしても、せめて『行かないで』と言わせてほしい。

私は手を伸ばし、唯人の机の引き出しの中から、修学旅行のしおりを引っ張り出した。机の上と同様、そこに書かれていたはずの文字は消えている。

「みんなに聞いてほしいことがあるの」

私は伏せていた顔をゆっくりと上げた。

「修学旅行の日、私以外の全員がバスの事故に巻き込まれて死んじゃうんだ」

「えっ……？」

その場にいた全員が、いっせいに顔を強張《こわば》らせた。さっきまでの笑い声が嘘のように、教室の中がしんと静まり返る。

「私、みんなを助けたくて、五年後の未来から来てるの。昨日もおとといもその前も、『修学旅行に行かないで』って必死に訴えた。だけどね、一日経つとなにもかもがリセットされちゃうの。昨日全員、修学旅行のしおりの表紙に、『修学旅行に行くな！行ったら死ぬ！』って書き込んでくれた。でも……」

私は唯人の修学旅行のしおりを、みんなに見えるように高く掲げる。

「今日になったら消えてた。綺麗さっぱり、みんなの記憶と一緒に」

言いながら、涙がぽろっと目尻からこぼれ落ちた。私の言葉に、教室の中がたちまち騒然となる。

「タイムリープが最初に起きたのは三日前だったの。この旧校舎が取り壊しになるって松下先生から連絡が来て――」

クラスメイトたちがざわめく中、私は静かにその先を続けた。

これまでの経緯をすべて説明すると、沙恵ちゃんはつけまつげをパサパサさせながら目をまたたき、和也くんと智ちゃんの顔を交互に見た。そしてこれまでと同じように、口々に疑問の言葉を吐き出していく。

「ちょっと待って。これってなにかのドッキリ番組？」

「でもいくらドッキリだからって、修学旅行の日に死ぬとか、そんな不吉なこと言わせたりするか？」

「それにあの涙の流し方、とても演技には見えないんだけど」

みんなは戸惑いがちに顔をしかめている。

「じゃあ凛々子は本当に未来から来たってこと？」

「いや、さすがにタイムリープはありえないだろ。きっと悪い夢と混同しちゃってるんだよ」

本当にそうならいいのに。これまでのことが全部ただの悪い夢だったら、どんなに幸せなことか。目が覚めてみんながそこにいてくれるなら、夢の中がどんなに苦しくたって耐えられる。

けれど、現実は残酷だ。悲しいくらいに。

クラスメイトたちがひそひそとささやき合う中、唯人だけは身じろぎひとつせずに私を見下ろしていた。

「そうだったんだね」

低くささやくような声が鼓膜に触れる。私を見つめる瞳はどこまでも透き通っていて、疑いの色がない。

唯人はよくも悪くも純粋だ。人の言ったことをなんでもかんでもまっすぐに受け止め、疑おうとしない。『そんなんじゃ将来、悪い人に騙《だま》されて大変な目に遭うよ』って何度も注意した。一方で、その無条件に人を信じることのできる心の美しさがたまらなく愛おしかった。

私は「そうだよ」と言ってから、手に持っている修学旅行のしおりを、そっと唯人の机に戻した。

「なんで一日経つと全部リセットされちゃうんだろうね。私、みんなに今日のこと覚えていてほしいよ。忘れないでほしいよ。ひとりにしないでほしいよ」

「リリ……」

「あぁ、修学旅行に行ってほしくないな。死なないでほしいな。ひとりぼっちで寂しい未来には戻りたくないな。まだまだ一緒にいたかったな」

もしもみんなのいる世界を取り戻せるのなら、それ以外に望むことなんて、なにひとつないような気がした。

唯人の大きな手が私の腕を握った。その手は小刻みに震えている。

「どうして俺はなにも覚えてないんだよ。どうすれば忘れずに済むんだ……。どうすれば……」

――キーンコーンカーンコーン……。

そのとき、唯人の言葉を遮るようにしてチャイムが鳴り始めた。

明るい音が、私の耳には途方もなく悲しい音に聞こえる。まだまだ言い足りないことがたくさんあるはずなのに、口が動くばかりでどれも言葉にならなかった。

私の腕をつかんでいる唯人の手のぬくもりが徐々になくなっていく。現実が、はかないまぼろしに変わろうとしている瞬間だった。

私は唯人に向かって両手を伸ばした。しかしその手は唯人の身体をすり抜け、もう触れることはできない。

「……だ……こと……れたく――」

耳元でしている唯人の声が遠のいていく。

そして次の瞬間、教室の中が真っ白な光に包まれ、なにも見えなくなった。

＊　＊　＊

「――凛々子さん！　どうしたの！」

真後ろで私の名前を呼ぶ声がし、勢いよく振り返った。

薄暗い教室の中には、松下先生の姿しかない。雨は降り続けているようで、しんとした室内に、窓ガラスを打つ雨粒の音だけが響いている。

私は震える唇を開き、「先生」と言った。

「二年一組のみんなは？　だれかひとりでも助かっていませんか？」

「………………」

先生は唇を固く結び、心苦しそうにうつむいただけだった。

その沈黙こそが答え。心の中を冷たい隙間風のようなものが通り抜ける。

「そうですか……」

過去が変わっていないことに対して、もっと取り乱すかと思ったけれど、自分でも驚くほど静かな気持ちだった。怒りも悔しさも湧き起こらない。生じたのは、沈み込むような悲しみだけだった。

そして同時に確信する。どんなにもがいても、みんなが修学旅行の日に死んでしまうのは、決して抗《あらが》えない運命だということを。

「ねぇ、凛々子さん」

先生は眉を八の字にして私を見た。

「もう、ここには来ないほうがいいんじゃないかしら」

すぐ近くで雷鳴が轟《とどろ》いた。少し遅れて、薄暗い教室の中に鋭い閃光《せんこう》が走る。一瞬、外の雨音が強くなった気がした。

「嫌です。どうしてそんなこと言うんですか」

「だってこの教室に来るようになってから、凛々子さんの様子がどんどんおかしくなっていくんだもの。私、怖いの。このまま凛々子さんが幻覚と現実との区別がつかなくなってしまったらと思うと――」

「だから、幻覚なんて見てませんってば！」

思ったよりも大きな声が出てしまい、先生はビクッと肩を震わせた。ふたりの間に生じた沈黙をかき消すように、窓の外で再び雷が鳴る。

「すみません……」

すぐに謝ったけれど、今度は自分の耳にもよく聞こえないような小さな声になってしまった。

「私は本当に大丈夫ですから。お願いします。ここに来させてください」

「でも……」

「勝手なことばかり言ってるのは重々承知です。ですけど、お願いします」

ためらっている様子の先生に、私は拳を握りしめ手のひらに爪を食い込ませながら、深く頭を下げた。

「確かにここに来ると、二年一組のみんなのことを思い出して、ちょっと感傷的になってしまいますけど、ただそれだけです。私は誓って幻覚なんて見ていませんし、現実との区別がつかなくなるなんてことは、絶対にないです」

「もう一度聞くけど、本当に大丈夫なのね？」

先生は私の目を見つめて、わずかに語気を強めた。私は間髪《かんはつ》入れずに「はい」とうなずく。

「凛々子さんが絶対に大丈夫だと言うなら……わかったわ」

「ありがとうございます」

承諾はしてくれたものの、先生の目にはまだ不安の色がくっきりと浮かんでいる。

その視線が私には痛かった。

心配をかけてしまって申し訳ないと思う。でもここに来るのをやめることはできそうにない。

「できれば明日も来たいのですが……」

言ってから、明日が休日だということを思い出した。

過去の世界も同じように一日経過するとしたら、明日は十月二十日の土曜日のはず。休日の教室にタイムリープしても、みんなはいないのではないか。そんな考えが頭をよぎる。

……それでもいい。たとえそこにだれもいなかったとしても、私は五年前の二年一組に行きたい。

「先生がお休みなのはわかっています。そこをどうにかお願いできないでしょうか？」

こんなわがままを貫こうとしている自分に驚きつつ、先生の目を見つめ続ける。先生は頬に手を当て、しばらく考え込むような仕草をしたあと「いいわ」とつぶやいた。

「今週中に片付けておきたい仕事もあるし、明日は出勤する。ただ午後に用事があるから、お昼前には学校を出ないといけないんだけど、それでもいいかしら？」

「もちろんです。ありがとうございます」

先生は目を伏せて「いいえ」と首を振った。その声に雨の音が重なる。

「そうしたら明日の朝、何時頃に来ればいいですか？」

「そうね、九時頃でどうかしら？」

「九時ですね。わかりました」

私はくるっと教室に背を向けた。

「では、今日はもう帰りますね」

「えっ、今来たばかりじゃない。もういいの？」

「はい」

本音ではまだここにいたいけれど、これ以上先生に心配をかけるのは嫌だった。

私が歩き出すと、先生も黙って後ろをついてきた。階段を下り、裏口から外に出る。

先生が建てつけの悪いドアの鍵を閉めている間、私は傘越しに旧校舎を見上げた。

先生の言う通り、本当はもうここに来るべきじゃないのかもしれない。過去に戻ったところで、あの悲惨な運命は変えられない。前日の出来事はすべて完全にリセットされ、日付だけがどんどん事故の日に近づいていくだけなのだから。

私が見ているものは、現実であるのと同時にはかないまぼろしで、手を伸ばせばそのぬくもりに触れることはできるのに、触れたら泡沫《ほうまつ》のごとく消えてしまう。

きっとこのままタイムリープを繰り返しても、心の穴をさらに大きくするだけ。なにもできない自分の無力さに絶望し、今度こそ二度と立ち上がれなくなってしまうかもしれない。

それでも、と思った。明日もまたここに来たい。みんなが死ぬとわかっていながら会いに行くつらさより、会える可能性がありながら会いに行かないほうが、私にとってはつらかった。

たとえ過去を変えられなかったとしても。たとえみんなと笑い合っている未来はないのだとしても。今はただ、みんなに会いたい。


バスに乗っている間は小降りだったのに、降りた瞬間バケツをひっくり返したような大雨に変わった。雨宿りをする場所もないので、仕方なく家に向かって歩き出す。あまりにも雨が強すぎてビニール傘に穴が空くんじゃないかと思ったほどだった。

家に帰り、真っ先に脱衣所に向かった。雨で濡れた服を洗濯機の中に放り込み、下着一枚の格好で二階の自分の部屋に駆け上がる。

服を着ようとしたとき、自分の身体がちらっと鏡に映って手が止まった。あばら骨がちょっと浮き出ている。

あれっ？　私って、こんなに痩せてたっけ？　もっとしっかり食べなきゃ……。でも食欲はあんまり湧かないし、なにを食べても美味しく感じられ――。

「あっ」

思わず声がもれた。

そういえば今日口にしたクッキーは、ちゃんと味がした。食べ物をあんなに美味しいと感じたのはいつ以来だろう。

私はぶかぶかのTシャツワンピを頭からかぶり、押し入れを開けた。棚の奥を探ってみると、【凛々子のお菓子レシピ】と書かれたノートが出てきた。紙の端がところどころ茶色くなっている。

あぁ、これも作ったなぁ。これも、これも……。

ページを一枚ずつめくっていくと、今日食べたクッキーのレシピにたどり着いた。ページの左上に赤いボールペンで花丸が書いてあり、【大好評だった！】とメモが添えてある。

レシピはそこで終わっていて、あとは延々と白いページが続いているだけだった。このクッキーを最後に、一度もお菓子を作っていない。

今日のみんなの喜んでいた顔を思い出し、無性にこのクッキーが作りたくなった。こんな衝動、五年ぶりだ。私はレシピ本を片手に階段を駆け下り、台所に入った。

キャビネットと冷蔵庫を開けて中を確認してみると、小麦粉、砂糖、バターなど、クッキーを焼くための最低限の材料はそろっている。残念ながら製菓用のココアパウダーはないけれど、砂糖の量を調整すればホットココアミックスで代用できそうだ。

私は材料をキッチンカウンターの上に広げ、五年前の自分が書いたレシピを脇に置いて、ひとつひとつ手順通りに進めていった。

よし、まずはパンダから。これをこうして……。

一度作り始めると時間を忘れるほど夢中になり、気がつけば材料をすべて使い果たしていて、とてもひとりでは食べきれない量になっていた。

クッキーの生地を乗せられるだけトレイに並べ、予熱したオーブンに入れる。

五年前の私は、お菓子を焼いている間に片付けをしたり、座ってひと休みしたりしていたけど、今日の私はオーブンの前から一歩も動かなかった。自分の作ったお菓子ができあがっていく工程を、最初から最後まで見ていたかったから。

十五分ほど経ったとき、生地の端がこんがりきつね色に変わり、香ばしい匂いがキッチンの中に漂い始めた。

そろそろかな。

オーブンからトレイを取り出し、ひとつずつ丁寧に網の上に並べていく。

五年もブランクはあったけれど、手が作り方を覚えているのか、案外うまくできていた。あとは味だけ。

十分に冷ましてから、パンダのクッキーを手に取り、耳の部分をひとかじりしてみる。サクッと気持ちのいい音がし、次いで優しいバターの味が口の中に広がった。

「あぁ、美味しい……」

思わずそうつぶやいてしまうくらい、美味しかった。死んでいた味覚が生き返っていくのを感じる。

唐突に、自分以外のだれかにも食べてほしいと思った。真っ先に浮かんだのは、両親と入院中のおばあちゃん、それから松下先生の顔。

リビングの時計を見上げれば、午後三時だった。

このクッキーを差し入れがてら両親の元へ届けて、そのあとすぐにおばあちゃんのところへお見舞いに行こう。先生には綺麗にラッピングしたものを明日渡そう。

私は作ったクッキーをプラスチックの容器に入れ、急いでキッチンを片付けて家を出た。


どしゃぶりだった雨は、いつのまにか軽い霧雨に変わっていた。その中を早足で歩くこと七、八分。両親が経営するスーパーに着く。

入り口のガラス戸から中をのぞき込んでみると、奥のほうで棚に商品を並べているお母さんの姿が見えた。その隣でお父さんが大きなあくびをしている。

私は濡れた傘をたたみ、扉を開けて中に入った。店内を見渡す限り、お客さんはいない。

「おや、凛々子じゃないか」

お父さんは私の姿を認めると、驚いたように目をパチパチさせた。お母さんも商品を棚に並べていた手を止め、こちらに首を回した。

「どうしたの？」

「ふたりに差し入れ持ってきたの」

「差し入れ？」

こちらへ歩み寄ってくる両親に、私はバッグの中からクッキーを取り出した。

「これなんだけど……」

「クッキー？」

そう尋ねるお母さんに、私は「うん」と首を縦に動かす。

「さっき焼いたんだ」

「えっ？」

お父さんとお母さんは弾かれたようにお互いの顔を見た。

「それ全部、凛々子が作ったの？」

「そうだよ。たまたま家に材料がそろっててさ。よかったら、おやつに食べて」

お父さんは私から容器を受け取ってふたを開けた。クッキーの甘い匂いが、ふわっと辺りに漂う。

「凛々子の手作りお菓子かぁ。ずいぶん久しぶりだなぁ。お父さん、嬉しいよ」

「お母さんも嬉しい。相変わらず上手ね。可愛すぎて食べちゃうのがもったいないくらい」

ふたりは容器の中をのぞき込みながら頬をゆるめている。

「このクッキー、今からおばあちゃんのところにも持っていこうかなって思ってるんだけど……」

「おぉ、そうなのか！」

お父さんが勢いよく顔を上げた。

「それはおばあちゃん、相当喜ぶぞ。お母さん、凛々子を病院まで車で送っていってあげてくれ」

「わかったわ」

「待って。バスで行くから大丈夫」

これ以上お父さんとお母さんに余計な負担をかけたくなくて、私はふたりの親切心を跳ねのけるように断った。

「それよりふたりとも、ごめんね。急に夏休みが欲しいだなんて言い出して。二十二歳にもなって、こんな無責任な──」

「──いいんだ、そんなこと気にしなくて」

全部を言い終わらないうちに、お父さんは私の声を遮った。

「後悔しないように、やりたいときにやりたいことをやりなさい」

お父さんの言葉に同意するように、お母さんも大きくうなずく。

涙ぐみそうになって、下唇を強く噛んだ。

私は本当にいい両親に恵まれた。子供だった頃は、転校ばかりさせるふたりを恨んだりしたこともあるけれど、今は心の底から感謝している。

「お父さん、お母さん、ありがとう」

「こちらこそわざわざ雨の中、差し入れを持ってきてくれてありがとう。あとで休憩のときにいただくよ」

お父さんは容器のふたを戻し、そっとお母さんに手渡した。お母さんがそれを奥の休憩室に持っていく。

「あの、お父さん。私、ちょっと買いたいものがあるんだけどいい？」

「もちろん。なにが欲しいんだ？」

「透明な袋とリボン。今日焼いたクッキー、お世話になってる松下先生にもあげたくて」

「そうか、そうか。きっと先生も喜ぶぞ」

お父さんは小さな目を糸のように細くして微笑んだ。私も同じように微笑み返す。

ふいに、入り口のガラス戸から明るい日差しが差し込んだ。ガラス越しに空を見上げると、分厚い雲を押しのけるようにして、太陽が顔をのぞかせている。

陽光を浴びた霧雨は、まるで空の上からまかれた金粉のように、キラキラと輝きながら宙を舞っていた。

第六章　子供のあなたと大人の私

午前八時にセットしたアラームが鳴る前に、弾けるような蝉の声で目を覚ました。布団の中からスマホに手を伸ばし、待ち受け画面をのぞく。

午前七時三十九分。そこに表示されている時刻を確認してからスマホをサイドテーブルの上に戻し、カーテンを開けた。昨日の雨が嘘のように雲のかけらさえ見当たらない快晴の空が広がっている。

窓の鍵を外して大きく開け放つ。すると雨上がりの匂いを含んだ朝の風が入ってきて、白いレースのカーテンを揺らした。

そのまましばらく外の空気を吸ってから、私は顔を洗って出かける準備をし、玄関を出た。アスファルトのあちこちに水たまりができていて、太陽の光を反射して輝いている。

「よし、行こう」

私は自転車のサドルにまたがり、明るい日差しの下、勢いよくペダルを踏んだ。

呼び出しベルを押そうとしたとき、ちょうど松下先生が職員室のほうから現れた。

「おはよう、凛々子さん」

「おはようございます。あの、先生。これ……」

私はバッグの中からラッピングしたクッキーを取り出し、先生に渡した。

「昨日クッキーを焼いたので、よかったら食べてください」

「まぁ！　これ、凛々子さんが作ったの？」

「はい、そうです」

先生は手の中のクッキーをまじまじと眺めた。

「すごく上手ね。まるでお店に売ってる焼き菓子みたい」

「そう言っていただけて嬉しいです」

「実は今日、息子が東京から帰ってくるの。うちの息子、甘いものが大好きなのよ。だからあの子も絶対に喜ぶと思うわ。本当にありがとね」

先生は若い頃に離婚していて、まだ幼かったひとり息子を女手ひとつで育てたらしい。その息子は東京の大学に進学し、卒業後はそのまま東京の会社に就職した……と聞いたことがある。

それから私たちはぽつぽつと他愛のない会話を交わしながら、旧校舎に向かった。

二年一組の教室の前までやってくると、途端に心臓が高鳴り始めた。息苦しくなり、両手で胸を押さえる。

こんなにつらく、悲しい思いをするくらいなら、初めからみんなと出会わないほうがよかったのかな？

……いや、と私は首を振った。うつむいていた顔を上げ、教室を見据える。

みんなとの出会いを、みんなと一緒に過ごした時間を、すべてなかったことにしてしまうくらいなら、いっそのこと、喪失感に打ちのめされたほうがマシだ。

「大丈夫？」

先生はいたわるように私の背中に手をかけた。

「やっぱり心配だわ。つらいのなら、もう教室へは行かないほうが――」

「――いえ、大丈夫です」

私は先生の声にかぶせるように言った。

「教室の中に入ると二年一組のみんなが目の前に現れる、って言いましたけど、あれは私の錯覚でした」

「錯覚？」

「はい」

先生が泣きそうな顔で見つめてくるので、咄嗟に嘘をついた。

本当のことを訴え続けて、これ以上先生を悩ますくらいなら、あれは錯覚だったということにしておいたほうがいいのかもしれない。タイムリープのことは、もう私ひとりの胸にしまっておこう。

「先生の言う通り、この旧校舎が取り壊されてしまうことにショックを受けて、ちょっと精神的に不安定になっていたみたいです」

「チャイムの音が聞こえるっていうのは？」

「あれも私の空耳です」

きっぱり断言して、前に向き直る。

この先に、今日もみんなはいるのだろうか。どうか、いてほしい……。

私は大きく息を吸い込み、祈るような気持ちで足を前に踏み出した。

——キーンコーンカーンコーン……。

チャイムの音が鼓膜を打った。この音が先生の耳には聞こえていないのだと思うと不思議だ。それくらいはっきり鳴っている。

私は後ろを振り返り、扉の前に立っている先生に向かって何事もないような顔をしてみせた。

「ほら、なにも聞こえませんし、なにも見え——」

口は動いているのに、自分の声が途中から聞こえなくなった。壁掛け時計から降り注ぐ光に包まれ、急速に時間が巻き戻されていくのを感じる。

＊　＊　＊

光がおさまると、濃い霧が晴れるようにすうーっと視界が開けていった。

現れたのは、無人の教室。物音ひとつせず、しんと静まり返っている。

一瞬、タイムリープしていないのかと思い、後ろを振り返った。ドアの向こうに松下先生の姿はない。自分の身体を確認すると、かなり長いこと着ていない花柄のワンピースに、淡いクリーム色のカーディガンを羽織ていた。髪は肩下までしかない。

そのまま視線を正面黒板の横の時間割表に移動させる。そこには【十月二十二日月曜日】と書かれていた。

「あっ、私の誕生日だ……」

そうつぶやいた独り言は、静けさと同化してむなしく消える。

私は窓辺に歩み寄り、外を見渡した。視界に映るものといえば、建設中の新校舎だけ。生徒の姿はどこにも見えない。

月曜日の時間割が書いてあるということは、おそらく今日は土曜日。やっぱりだれもいないか……。残念な気持ちでため息を落とすと。

「あれ？　リリ？」

突然、後ろで声がした。はっと振り返れば、赤いチェック柄のシャツにデニムパンツをはいた唯人が、息を弾ませながら早足でこちらに近づいてきている。

「なんで学校にいるの？　今さっき、駅前の古本屋で時間潰してるってメールくれたよね？」

「メール……？」

なんの話をしているのかわからず首をかしげている私に、唯人はスマホの画面を見せてきた。

【悪い！　学校に肝心の宿題のプリント忘れてきちゃったの、今気づいた。今からダッシュで取ってきてもいい？】

【いいよ。じゃあ私は駅前の古本屋で時間潰してるね】

【本当にごめん】

【いいよ、いいよ。急がなくて大丈夫だから、気をつけて来てね】

「あぁ……」

メッセージのやりとりを見て、五年前の十月二十日の記憶がよみがえった。

そうだった。今日は唯人と駅前の喫茶店で、一緒に宿題をやると約束していた日だ。

唯人が学校に宿題のプリントを忘れて取りに行ったことは覚えているけれど、それがちょうど〝この時間〟だったのは覚えていなかった。まさかこんな偶然があるなんて。

「ねぇ、唯人。昨日のお昼休みのこと、覚えてる？」

私は出し抜けに問いかけた。もう何度目になるかわからないこの質問。私は身じろぎせずにじっと唯人の唇を見つめる。

「昨日の昼休みって、リリが作ってきてくれたクッキーをみんなで食べたよね？　そのこと？」

にこにこと聞き返す唯人。

やっぱり彼の記憶の中に〝昨日の私〟はいない。

未来から来たことを一生懸命訴えれば、きっと今日も唯人は私の話を信じてくれる。

だけどね、信じてくれた先にはなにもないの。すがすがしいくらい、なにも。

過去は変わらない。未来にみんなはいない。自分の中に、静かなあきらめが広がっていく。

「うん、そうだよ」

「昨日のクッキー、本当に美味しかったなぁ。また作って！」

目を輝かせる唯人に、私はなにも応えずに黙って微笑み返した。もし死なないでくれるなら、そんなもの、これから何千回だって何万回だって作ってあげる。そう思いながら。

「ところでリリ、なんで学校にいるの？」

唯人が話を戻した。

「あっ、えっと……私も忘れ物をして……急に思い出して……走って……来たの」

しどろもどろになってしまい、自分でもなにを言っているのかよくわからなかった。

だけど唯人のほうは、「なーんだ、そうだったのか」とすんなり納得する。

「だったら、ひとことメールくれればよかったのに。リリがふたりいるのかと思ってびっくりしちゃったよ」

あははっ、そんなわけないじゃん。そう笑い返そうとして、声が出てこなかった。唇が震え、涙ぐんでくるのを感じた。

このときの私は、これが唯人との最後のデートになるということを知らない。

もしも……もしもあの事故がなかったら、どんな未来が私たちにあったのかな？　五年経った今でも、変わらずに一緒にいられたのかな？　唯人のお嫁さんになれていたのかな？

もしも唯人が今でも隣にいてくれたなら、きっとこんな悲しい未来なんてみじんも想像させないような、笑い声と笑顔に満ちあふれた未来があったに違いない。

生きていれば、もちろんつらいことはある。悲しいことや苦しいことは山ほどある。それでも唯人が……みんながいてくれれば、どんなつらいことでも乗り越えていけるような気がした。

「うぅ……」

喉に嗚咽が渦巻き、目の奥が熱くなった。

「リリ、どうしたの？」

唯人が私の肩に手をかけ、顔をのぞき込んでくる。私はその視線から逃げるように下を向き、薄っすらと涙のたまった目尻を指先で拭った。

「ちょっと目にゴミが入って」

「大丈夫?」

「うん。もう取れたから大丈夫」

……ダメ。考えちゃダメ。

もしもあのときこうだったら、と考えたところで過去が変わるわけでもないし、死んだみんなが生き返るわけでもない。別の未来に思いを馳せれば馳せるほど、現実とのギャップが浮き彫りになって、かえって苦しくなるだけだから。

唯人は自分の机の中からプリントを取り出すと、半分に折ってカバンにしまった。

「リリは忘れ物、もう取った?」

「あぁ、まぁ、うん……」

なんと答えるべきかわからず、曖昧にうなずいた。

「じゃあ行こうか」

「待って!」

私は、教室の出口へ歩き出そうとする唯人の背中に向かって叫んだ。あまりに大きな声で呼び止めてしまったので、唯人はびっくりしたようにこちらを振り向いた。

「どっ、どうしたの?」

「あの……その……」

教室から出たら消えちゃう！　行かないで！

そう感情任せに声を張り上げたくなるのをぐっと我慢する。

「もう少し、唯人とここにいたいなって思って……」

私がそう言うと、唯人はにこっと歯を見せて微笑んだ。

「ははっ、だれもいない休日の教室にふたりきりっていうのも、なんかいいよな。そうだね。せっかくだし、ここで少し宿題をやってから行こうか」

唯人は自分の席に座ると、隣の椅子をとんとんと手のひらで叩いた。

「リリ、こっちにおいで」

歌うような、甘い声。その声に吸い寄せられるようにして、私は唯人の隣に腰を下ろす。

唯人はさっきカバンにしまったプリントと、数学の教科書を取り出して机の上に広げると、すぐに取りかかり始めた。

「俺、がんばるから。絶対にリリと同じ大学に合格してみせるから」

「唯人……」

鼻の奥がつんと痛くなった。

子供が大好きな唯人。勉強はあまり得意じゃないけど、私と同じ大学に合格するために、そして将来は小学校の先生になるために、一生懸命勉強していた。

結局私は、唯人と『合格しようね』と約束していた大学に行くことはできなかった。受験の日、一問も解けずに全教科白紙で提出してしまったのだ。その答案用紙は、すべて涙で濡れていた。

私も唯人と一緒に同じ大学に通いたかった。先生になって子供たちに囲まれている唯人の姿が見たかった。

「うーん、この問題ってこの公式使うんだっけ？」

唯人の長い人差し指が、すっと教科書をなぞった。

「えっと、これは……」

もう何年も見ていない公式や数式が並んでいるけれど、不思議とどれも覚えている。

「違うよ。この場合は、こっちの公式を当てはめるんだよ」

「えっ、マジ？　どうして？」

唯人は肩と肩が当たるくらい身体を寄せてきた。胸がドキドキする。触れている部分が燃えるように熱くなる。それなのに、心の底は冷え切ったままだった。

「リリ？」

「あっ、ごめん。えっとね、この場合だとこうだから、こうなって――」

しゃべりながら泣きそうになった。私は必死の思いで涙をこらえつつ、自分が数日後に死んでしまうことなど知らずに熱心に話を聞く唯人に、公式の使い方をこれ以上ないくらい丁寧に教えた。

「おぉ、そういうことか！　さすがリリ。ありがとう。めっちゃわかりやすかった」

唯人は視線を宿題のプリントに戻し、再びペンを走らせ始める。その真剣な横顔は、見惚《みほ》れてしまうほど美しかった。けれど、同時に幼かった。

このとき初めて、自分が死ぬほど恋い焦がれている相手がまだほんの十七歳の〝子供〟なんだということを自覚した。途端に切なさが大波のように押し寄せてきて、涙をこらえることができなくなった。

「ちょっ、どうしたの、リリ？」

いきなり泣き出した私に、困惑した顔になる唯人。

「……急に寂しくなっちゃって」

「えっ？」

「だって唯人は子供のままなのに、私ばっかりが年を取って、私ばっかりが大人になっちゃって……」

心の声が、そのまま口からこぼれ落ちる。

「俺が子供でリリが大人……？」

唯人はきょとんとした目で私を見た。頬を伝う涙を流れるままに任せ、その無垢《むく》な瞳をじっと見つめ返す。

「好きだよ、唯人。大好き……」

私は椅子から立ち上がり、唯人の両頬を手のひらで包んだ。そしてそのまま、彼の唇にそっと自分の唇を重ねた。

こんなふうに自分からキスをしたのは初めてだった。唯人の手からペンが滑り落ち、ことりと音を立てて床に転がる。

五年前の今日は、私も唯人も確かに同じ時を生きていた。だけど今は？

ここにいるのは、過去の唯人と、未来の私。私たちの間にあったはずの現在《いま》は、あの事故の日を境に失われてしまった。そしてそれはどんなに望んでも、二度と取り戻せない。

そう思った途端、物理的にはお互いの唇が触れているほど近くにいるのに、唯人がどんどん遠ざかっていくような気がして怖くなった。私は唯人にぎゅっとしがみつき、もう一度彼の唇に自分の唇を押し当てた。

大好きな人とキスをしているのに、そこにときめきの感情はいっさい生まれてこなかった。きしむような寂しさだけが胸の中に広がっていく。

「待って、リリ。本当にどうしたの？」

椅子から立ち上がりかけた唯人の唇に、しーっと人差し指を当てる。

「なにも言わないで」

「えっ？」

私は唯人の肩に手を回し、額と額をくっつけた。目からあふれた涙が唯人の頬の上に滴り落ち、静かに流れていく。

「なにも聞かずに、ただ抱きしめてほしいの」

唯人は薄く口を開いたけれど、その唇からはひとことも発せられなかった。言葉の代わりに、彼の大きな両腕が私を抱きしめる。

体温を感じる。匂いがする。心臓の鼓動が聞こえる。それらは唯人が確かに生きているという証なのに、気が遠くなりそうなほど悲しく感じた。

今、私がいるこの世界は、まぎれもなく現実。夢でもなければ、幻覚でもない。だけど目の前にいるこの人は、現実世界の人間ではない。手を伸ばしても決して触れることのできない……遠い、遠い、過去の人間だった。

ふいに、私の背中を抱く手に力がこもった。あまりに強く抱きしめるものだから、息苦しくなる。

けれど、今の私にはそれが心地よかった。このまま大好きだった人の腕の中で、バラバラになって壊れてしまいたい。

唯人。私はあなたが大好きでした。もちろん二年一組のみんなは大好きだったけど、その中でも一番好きだったのは、あなたでした。綺麗に整った顔をくしゃくしゃにして笑うところも、超がつくほどおしゃべりなところも、なんでもかんでもすぐに信じちゃう単純なところも、好きで好きでたまらなかった。

どんなときも笑顔で、元気で、前向きで。トレードマークの金色の髪が、その陽気な性格によく似合っていた。存在自体がまるで燦々と輝く太陽みたいで、あなたがそこにいてくれるだけで、私の世界はいつも明るかった。

梢田町の住民全員が友達なんじゃないかってくらい知り合いが多くて、道を歩いているとよくみんなに声をかけられていたよね。

休みの日は、しょっちゅう近所の子供たちを集めては公園でサッカーをやっていたよね。私は、子供たちと笑いながらボールを追いかけるあなたの姿をベンチから眺めているのがとても好きだった。

そんな素敵なあなただから、老若男女問わず人気者だったよね。特に女の子からの人気は絶大で、あなたに思いを寄せていた人はたくさんいた。

その中で、私を選んでくれてありがとう。最後の最後まで私の特別な人でい続けてくれてありがとう。好きな人に好きだと言ってもらえて、私は世界一の幸せ者でした。

本来ならもう二度と会うことのできない人と、こうして再び会えた。名前を呼び合って、見つめ合って、抱き合って。それができただけで、もう十分なのかもしれない。

抱き合っている間、唯人は一度も言葉を発しなかった。私も私で、なにも言わなかった。涙だけが、時間とともに静かに流れていく。

やがて私は涙で濡れた顔を上げ、まっすぐ唯人を見下ろした。すると唯人は、私の口の両端に人差し指を置き、きゅっと口角を押し上げた。

「悲しいの、悲しいの、飛んでけーっ！」

私と唯人はまじまじと見つめ合い、ひと呼吸、ふた呼吸して、同時に吹き出して笑った。自分の中で張り詰めていたものが、ふっとゆるむ。

「なに、それ」

「笑顔になるおまじない。ほら、意外と効くでしょ？」

唯人は優しい顔になって、私の目元に浮かぶ涙をそっと指で拭った。

「俺、思うんだ。幸せな出来事が笑顔を作るんじゃなくて、笑顔が幸せな出来事を引き寄せるんだって。笑顔でいることは、状況に関係なく選択することができる。つまり幸せになるのも、不幸になるのも、自分で選択できるんだって」

思いがけない言葉だった。聞いた瞬間、自分の目の前にこれまで見えなかった道が、ぱあっと現れた気がした。

それは決して平坦《へいたん》な道ではない。険しい上り坂もあれば、ゆるやかな下り坂もある。私の前には、まだまだ上り坂が続いている。

だけど見える。なにもないと思っていたこの道の最果《さいは》てで、私を待っているみんなの姿が。

聞こえる。歩くことをあきらめてしまった私を、あきらめずに応援し続けるみんなの温かい声援が。明るい笑い声が。

そして気づく。私の幸せは奪われたのではなく、自ら手放してしまっていたのだということに。

「……ねぇ、唯人は今、幸せ？」

私の問いかけに、唯人は屈託のない笑顔でうなずいた。

「うん、とっても！」

――キーンコーンカーンコーン……。

そのとき、チャイムが鳴り始めた。教室の中が光に覆われていく。

「リリは今、幸せ？」

こちらを見つめる、水のように澄んだ瞳。

嗚咽が喉に込み上げてきて、声にならなかった。なにか言う代わりに、私は濡れた頬いっぱいに笑みを浮かべた。それを見て、唯人はまぶしそうに目を細めて微笑む。

「リリはどんな顔をしていても可愛いけど、やっぱり俺は、リリの笑った顔が一番好きだな」

十七歳のままの唯人と、二十二歳の私。

今までずっと、ひとつ年を重ねるごとに唯人が遠ざかり、どんどん過去の人になっていくような気がして怖かった。だけど口角をきゅっと上げて笑ってみせたら、そういう恐怖心や暗い感情が、自分の中から静かに消えていくのを感じた。

「リリにはいっぱい幸せになってほしい。だから――」

唯人がなにかをしゃべっている。口が動いているだけで、声は聞こえない。だけど私には、彼がなんと言ったのかはっきりわかった。

「――これからもいっぱい笑っていてほしいよ」

＊＊＊

光が消えると、そこに唯人の姿はなく、入れ替わるようにして松下先生が立っていた。一瞬、自分がどこにいるのかわからなくなる。

「これ、よかったら使って」

先生がすっとポケットティッシュを差し出してきた。そのとき、自分の目から涙が流れていることに気がついた。

「すみません。この教室に入ると、どうしてもみんなのことを思い出して……」

私は手渡されたティッシュで涙を拭き、鼻をかむ。先生は心配そうに私の顔をのぞき込んだ。

「大丈夫……？」

「はい」

私は唇を強く結んでうなずく。それから大きく深呼吸し、とびっきりの笑顔を作ってみせた。唯人が一番好きだと言ってくれた、笑顔を。

それを見た先生の目に、じわっと涙が浮かぶ。

「凛々子さんがそんなふうに笑うの、すごく久しぶりに見たわ」

「五年前にあの事故でみんなを失ってから、私、笑うことを忘れてしまっていました。だけど今日この教室に入って、ある大切な人の言葉を思い出したんです」

「大切な人の言葉？」

「はい」

私は笑顔のまま、先生をまっすぐと見つめて続ける。

「その人は私に、笑顔でいることの大切さを教えてくれました。幸せな出来事が笑顔を作るんじゃなくて、笑顔が幸せな出来事を引き寄せるんだと。だからどんなにつらくて悲しいことがあっても、笑顔でいることを選択し続けていれば、幸せのそばにい続けられるって」

それが過去の唯人が、未来の私に託した言葉なのだと思うと、込み上げてくるものがあった。またしても泣き出しそうになったけれど、私は笑顔を絶やさなかった。唯人の言葉を、想いを、無駄にしたくないから。

「私、みんなの分もたくさん笑います。自分が不幸な人間なんだと嘆くのはもうやめて、幸せになる選択をします。天国にいるみんなもきっとそれを望んでいるから」

「凛々子さん……」

胸に手を当て、ほっとしたように微笑む先生に、私は頭を下げた。

「本当は今日お休みだったところを、わざわざありがとうございました。教室も見せていただきましたし、これで失礼しますね」

「もういいの？　明日は私、ちょっと用事があって、学校に来ることができないんだけど……」

「はい、大丈夫です」

本当はちょっと残念だけど、それが顔に出ないように気をつけながら続ける。

「そうしたらまた、月曜日に来させてもらってもいいですか？」

「ええ、いいわよ。月曜日ね」

「ありがとうございます」

私たちは旧校舎を出て、職員室のある新校舎のほうに向かって歩き出した。

「それでは、息子さんと素敵な時間を過ごしてください」

「ありがとね。凛々子さんもよい週末を」

職員室に戻っていく先生の後ろ姿を見送ってから、私は学校をあとにした。


帰り道、自転車を走らせていると、電信柱に貼られた夏祭りのポスターがちらっと視界に入った。私は無意識にブレーキを握ってその前で止まる。

「明日は『こずえだ祭り』か……」

こずえだ祭りは、梢田町で年に一度だけ花火が上がる大きなお祭りで、住民のほとんどが集まる。高校一年生のとき、そのお祭りにクラス全員で行った。唯人に告白されたのも、そのときだった。

そういえば事故でみんなを失ってから、一度も行っていない。気持ちが沈んで、とてもお祭りという気分にはなれなかったから。

そうやってこの五年間、なんの楽しいこともないまま、時間ばかりが流れていった。

……今年の夏祭り、行ってみようかな。

私は仰ぐようにして、頭上のカーブミラーを見た。

化粧をまったく施していない顔。おしゃれとは無縁の野暮ったい服装。美容院に行くことが面倒で、腰まで伸ばしっぱなしにしている髪……。

この髪を、ばっさり切りたい衝動に駆られた。そうしたら、新しい自分に生まれ変われるような気がした。

よし、今日は美容院に行こう。そのあとは商店街で化粧品を一式買おう。新しい服と一緒に浴衣《ゆかた》も買って……。

私はカーブミラーに映る自分に、にっこりと笑いかけた。それから前に向き直り、ハンドルを握りしめ、力いっぱいペダルを踏み込んだ。

第七章　夏の花火と君の横顔

翌日の夕方、薄紫の生地に紫陽花《あじさい》が描かれた浴衣に身を包んだ私は、鏡の中の自分と向き合っていた。浴衣の柄に合わせて買った華やかな紫陽花の髪飾りが、左耳の上で輝いている。

昨日美容院で、腰まで伸びていた髪を肩の辺りで綺麗に切りそろえてもらい、五年ぶりに前髪も作ってもらった。髪を軽くしたら印象が一気に明るくなり、派手すぎるかなと心配していた赤い口紅は違和感なくなじんでいる。

こんなふうに化粧をしたり、髪型をセットしたりするのはいつぶりだろう。なんだか自分じゃないみたい。

唯人に見せたら、なんて言ったんだろう。『可愛い』って、褒めてくれたかな。

一瞬、顔が曇りそうになって、私はばちんと自分の両頬を叩き、ぶるぶると頭を振った。

そんな顔しちゃダメ。そう自分に言い聞かせ、きゅっと口角を上げる。

「よし、これでいい」

笑顔を保ったまま階段を降りてリビングに入ると、ソファでひと休みしていたお母さんが浴衣姿の私を見て立ち上がった。

「まぁ、綺麗！」

「本当？」

「本当よ、本当。ひとりで歩いてたら、いろんな男の人にナンパされちゃうんじゃないかしら」

「もう、お母さんったら」

私が肩を揺らして笑うと、お母さんも声を立てて笑った。

「凛々子が元気になってくれたみたいでよかった。最初、旧校舎を見に行ったっていう話を聞いたとき、凛々子が過去のことを思い出して、余計にふさぎ込んじゃうんじゃないかって、すごく心配してたの。だけど逆だったわね。二年一組のみんなが凛々子に元気を与えてくれているのかしら」

「うん、そうかもしれないね」

タイムリープのことは、両親に話していない。話したらきっとふたりを不安にさせてしまうから、このまま黙っておくことにしている。

リビングの時計を見上げると、午後五時半だった。

「じゃあ私、そろそろ行ってくるね」

「せっかくのお祭りなのに、一緒に行ってあげられなくてごめんね。このあとすぐ店に戻らないといけなくて」

「ううん」

私は強く首を横に振った。紫陽花の髪飾りがカラカラと音を立てて揺れる。

謝らなければいけないのはこっちのほうだ。私が一週間も夏休みを取ったせいで、お父さんとお母さんは朝から晩まで働き通しなのだから。ふたりには感謝してもしきれない。

この恩はいつか必ず返すと胸に誓い、「いってきます」と笑顔を残して家を出た。

私はバスに乗って、祭り会場である梢田公園に向かった。

バスを降りると、辺り一面に夕方の日差しが降り注いでいて、アスファルトに反射して目の中に飛び込んでくる光が、視界をオレンジ色に染め上げる。

子供連れの家族や学生、お年寄りの団体が、公園に続く一本道を歩いている。人々の足音や話し声に、道路を走り去っていく車の音が重なる。

さすが年に一度の大きなお祭りなだけあって、普段はがらんとしている公園に色とりどりの屋台がひしめき合い、大勢の人でにぎわっていた。

公園に着くと、入り口のすぐ脇に大きな木があった。私は幹に寄りかかり、木陰の下でぼんやりと祭りの風景を眺めた。

浴衣を着た若い学生たちが、楽しそうな笑い声を上げながら私の前を通り過ぎていく。彼女たちの後ろ姿を目で追いかけていると、その遥か先のほうに、『こっちにおいでよ』と私に向かって手招きしているみんなの姿が見えるような気がした。

普段はクールな智ちゃんが、わたあめとりんごあめを両手に小さな子供みたいにはしゃいでたなぁ。

和也くんの金魚すくいのうまさにはびっくりしたなぁ。持ち帰りきれないほど取って、私たちに数匹ずつプレゼントしてくれたっけ。

沙恵ちゃんは新しく買ってもらったばかりのスマホで写真を撮るのに夢中で、三歩歩くごとにカメラのシャッターを切ってたなぁ。でも結局、ヨーヨー釣りのプールの中にスマホを落としちゃって、せっかく撮った写真、全部消えちゃったんだよね。

唯人は花火が始まる直前、見たこともないような大真面目な顔で、『大事な話があるから、ちょっとこっちに来て』と言って私の手を引いた。後ろを振り返ると、みんながニヤニヤしながら私たちを眺めていた。

いつもおしゃべりの唯人が、そのときだけは無言だった。私の手を握ったまま、怒ったような足取りでどんどん進んでいく。わけがわからないままついていくと、やがて唯人の足は噴水の前で止まった。そして私のほうに向き直り……。

そこまで思い出すと、公園の噴水が無性に見たくなった。

私は寄りかかっていた幹から背中を浮かせ、西日の中を歩き出した。行き交う人々の間を縫うようにして、公園の奥へ進んでいく。

屋台がずらりと並んでいる芝生広場を抜けると、水しぶきを輝かせて高々と上がっている噴水が見えた。その周りには鳩《はと》が群がっている。

あの噴水の前で私は唯人に告白され、ふたりの恋が始まった。

『俺、リリのことが好きなんだ。もしリリも俺と同じ気持ちでいてくれてるなら、彼女になってほしい』

私の目をまっすぐ見つめてそう言った唯人の姿が、今でも鮮明に浮かぶ。

あの日からもう六年かぁ……。

私は噴水前のベンチに腰を下ろし、背後で水が噴き上がる音に耳を傾けながら、せわしなく行き交う人たちを眺めた。

するとふと、人混みの中で立ち止まっている浴衣姿の男性と目が合った。その瞬間、からん、とどこからか氷が鳴る音が聞こえたような気がした。汗がにじむほどの暑さだというのに、その男の人の周りだけ、涼しい風が吹き渡っているみたいだ。

見つめ合っていたことに気づき、お互いにさっと顔を伏せた。しかし強い磁石にでも引き寄せられるように、逸らしていた視線が再び重なる。

切れ長の涼しげな目に、すっと細くて高い鼻。男性のものとは思えないような透き通った白い肌。男性に対して〝綺麗な人〟という表現は、ちょっとおかしいかもしれないけど、それ以外の言葉が見つからなかった。それくらい、顔もスタイルも完璧に整っている。

周囲の喧騒《けんそう》が遠のき、私と彼の間にある空間だけ時の流れが遅くなったように感じた。その瞳の中にどんどん吸い込まれていくような感覚で、逸らそう、逸らそうと思っても、私の視線は男性に釘付《くぎづ》けになったまま。

見つめ合っていると、彼の背中からすっと女の人が顔を出した。それは松下先生だった。爽やかなミントグリーンのワンピースを着ている。

「あら、凛々子さんじゃないの！」

先生が人混みを押しのけるようにしてこちらに走ってくるので、私はベンチから腰を上げた。

「先生、こんにちは」

「こんにちは。一瞬、だれかわからなかったわ。髪、切ったのね」

「はい。昨日久しぶりに美容院に行ってきました」

私は短くなった自分の毛先に軽く触れてみせた。

「そうだったのね。ずいぶんすっきりしたじゃないの。新しい髪型、すごく似合ってるわ。それにその浴衣も素敵」

「ありがとうございます」

ちょっと照れくさくなり、私は下唇を軽く噛みながらはにかんだ。

「ところで凛々子さん、今日はだれと来てるの？」

「ひとりで来てます。先生は？」

「あぁ、私は……」

先生はくるっと後ろを振り返り、大きく手を上げた。

「ノブーっ！　ちょっとこっちに来てー！」

先ほど目が合った男性が、人混みをかいくぐるようにしてこちらに向かってきた。

その一歩一歩が、私の目にはスローモーションに映る。

向かい合って立つと、彼は見上げるほど高身長だった。百七十八センチあった唯人よりさらに高い。百八十五センチくらいはありそうだ。その上品なたたずまいと古風な顔立ちに、白い帯を締めた黒い浴衣がとてもよく似合う。

うっかり見惚れていると、先生は彼のほうを手のひらで示した。

「紹介するわね。うちの息子の信広《のぶひろ》」

「どうもはじめまして」

夏であることをふいに忘れさせられそうな、澄んだ涼しい声だった。丁寧にお辞儀をした信広さんに、私も慌てて頭を下げる。

「はじめまして。いつも松下先生にお世話になっています、白石凛々子です」

「凛々子さん、昨日はクッキーありがとうございました。とても美味しかったです」

茜色《あかねいろ》の光が降り注ぐ中、信広さんはまぶしそうに目を細めた。憂い顔とでもいうのか、顔にかげりが感じられ、母親譲りのどこかはかなげな雰囲気を持っている。

「ノブは二十五歳だから、凛々子さんの三つ上になるのかしらね」

先生は私と信広さんの顔を交互に見ながら言った。話によると、信広さんは現在東京の小さな出版社で校閲《こうえつ》の仕事をしているらしい。

「この子ったら重度の活字中毒でね、時間さえあればずっと本を読んでるのよ」

「ふふっ、そうなんですね」

「ちょっと、母さん。余計なこと言わないでよ」

信広さんが肩をすくめて先生のほうを見る。

「だって本当のことじゃない。仕事で朝から晩まで文字とにらめっこしてるのに、休日まで家に引きこもって一日中本を読んでるなんて、完全に活字中毒よ。それ以外の何者でもないわ」

「ははっ、確かにそうだけどさ」

信広さんの知的な顔に、ふわっと笑みが広がった。笑うとかげりが遠のき、光が差したようになる。

そのとき、彼の右手の薬指に指輪がはめられていることに気がついた。付き合っている人がいるのかな？　そう考えていると、先生が「それにしても」と声を弾ませた。

「ノブを凛々子さんに紹介できてよかったわ。うちの息子、年に二回は実家に帰ってきてくれるんだけど、仕事が忙しくて、一日二日ですぐに東京に戻っちゃうから」

「出版業界は忙しいですもんね」

「でもね、今回は長くお休みが取れたから、来週の土曜日までいてくれる予定なのよ」

先生は嬉しそうに頬をゆるめた。

「それはよかったですね」

「えぇ。ところで凛々子さんは、毎年こずえだ祭りに参加してるの?」

「いえ、私は……」

あの事故があった年以来です、と口にしようとしてやめた。「実は五年ぶりくらいなんです」と言い換える。

「先生たちは?」

「私は毎年参加しているわ。小さい頃から、この祭りが大好きで」

「そうだったんですね」

松下先生とは、高校二年生の十一月から卒業までほぼ毎日のように顔を合わせていたけれど、当時みんなを失ったショックでほとんど会話ができなかったせいか、祭りが好きだという話は初耳だった。彼女の控えめな性格からして、こういうにぎやかなイベントは苦手なのだと思い込んでいた。

「ノブは仕事の状況にもよるんだけど、実家に帰る日がお祭りと重なっているときは必ず一緒に来てるの。まぁ、一緒に来てるというよりは私が強引に連れてきちゃってるって感じなんだけど」

先生は信広さんの背中を軽く叩いて、鼻先にシワを寄せて笑った。

「この子、人が多いところが苦手なのよ」

にぎやかな場所が苦手だったのは、どうやら彼のほうだったようだ。

「私も同じなので、その気持ち、よくわかります」

私は先生に向けていた視線を信広さんに戻す。

「中学のとき、二年間だけ東京に住んでいたことがあるんですけど、梢田町とは比べ物にならないぐらい人が多いから大変ですよね。特に朝の満員電車は地獄でした」

「あれは本物の地獄ですよね」

信広さんは自分の首をさすりながら、眉を八の字に寄せる。

「俺、大学は電車で通っていたんですけど、満員電車に耐えられなくて、就職が決まったとき、すぐに会社まで徒歩で通える場所に引っ越しましたもん」

「週に五日も行くところですから、やっぱり通勤は楽なほうがいいですよね。満員電車で一時間だなんて、職場に着く頃にはすでにヘトヘトになってそう」

「本当ですよね。考えただけで疲れちゃいます」

私と信広さんは、くすくすと声を立てずに笑った。波長が合うのか、驚くほど話が弾む。

「ねぇ」

私たちの会話を聞いていた先生が、ぱん、と手を鳴らした。

「せっかくだし、凛々子さんも私たちと一緒に花火見ない？」

「いいんですか？」

「もちろんです」

先生の代わりに、信広さんが愛想よく答えた。

「じゃあ俺、屋台でなにか買ってきますよ。なにがいいですか？」

「私はたこやきをお願い」

先生がぽんっと軽く信広さんの肩を叩く。

「あっ、あと冷たいお茶も」

「わかった。母さんはたこやきとお茶ね。凛々子さんは？」

信広さんは私に顔を向け、優しい声で尋ねる。

「えっと……」

なんと答えようか迷っている私に、信広さんは「遠慮しないでくださいね」と言葉を付け足した。

「これはクッキーのお礼です。なんでも好きなものを言ってください」

彼のきりっとした目元に柔和な微笑が浮かぶ。

「じゃあお言葉に甘えて、私もたこやきとお茶にしようかな」

「わかりました。すぐに買ってきますんで、少し待っていてください」

信広さんは踵を返し、早足で屋台のほうへ向かっていく。

「あの子ったら、めずらしく張り切っちゃって。普段はあんなにしゃべらないのよ」

「えっ、そうなんですか？」

「そうよ。よっぽど凛々子さんのことが気に入ったんだと思うわ」

先生が鈴を転がすような澄んだ笑い声を上げる。その言葉に対してどう返したらいいのかわからなかったので、私も彼女に合わせて笑った。信広さんの姿は人混みにまぎれていき、やがて完全に見えなくなった。

「信広さんって、先生に似てますね」

「えっ、本当？」

「はい。顔も似てますけど、それ以上に話し方とか雰囲気がそっくりです。なので、とても親近感が湧きます」

「そうなのね。それはよかった」

先生は前を向き、組んだ手を膝の上に置いて少し遠い目になった。

「だけど私からすると、凛々子さんとノブのほうが似ているわ」

「私と信広さんが……？」

私は首を回して先生を見た。小さな子供たちが甲高い笑い声を上げながら走ってきて、噴水の周りにいた鳩たちがびっくりしたようにいっせいに飛び立つ。

「ううん、やっぱりなんでもない。ノブのこと、どうかよろしくね」

先生は前を向いたまま言って、薄く微笑んだ。目尻に深くシワが寄り、彼女の積み重ねてきた年齢と時間の重みが、このとき初めて見えたような気がする。

そのとき、前方からふたり組の女性が私たちに近づいてきた。

「あら、明美《あけみ》ちゃんじゃないの」

名前を呼ばれた先生は弾かれたようにベンチから立ち上がり、彼女たちのほうへ小走りに駆けていく。

「ふたりとも久しぶり。元気にしてた？」

三人はすぐに輪になって話し始めた。ここからだとしゃべっている内容は聞き取れないけれど、肩を叩き合って笑っている様子からしてかなり仲がいいことは窺《うかが》える。

いくつか言葉を交わしてから、先生は急ぎ足で私のところへ戻ってきた。

「ごめんね、凛々子さん。私、あいさつしてきたい人がいるんだけど、行ってきてもいいかしら？　古い友達なんだけど、今日屋台を出してるみたいで」

「えぇ、それは構いませんけど……」

「ありがとう。ノブには、たこやきは戻ってきてからいただくって伝えておいてくれる？」

心なしか、先生が先ほどよりも生き生きとしているように見える。

「はい、わかりました」

「じゃあ、ちょっと行ってくるわね」

言い終わらないうちに先生はくるりと背中を向け、先ほどの女性たちと一緒に屋台が並んでいる芝生広場のほうへと歩いていった。


それからしばらくして、両手に大きなビニール袋を持った信広さんが戻ってきた。

「お待たせしました。あれ、母さんは？」

「お友達が屋台を出してるみたいで、ちょっとあいさつしに行ってくるって言ってました。たこやきはあとでいただくって」

「そっか。じゃあ俺たちは冷める前に、先に食べちゃいましょうか」

信広さんはベンチに腰を下ろすと、買ってきた屋台飯を袋から取り出して私たちの間に置いていった。注文したたこやきだけではなく、やきそば、焼きとうもろこし、フランクフルト、ベビーカステラやチョコバナナもいくつかパックに入っている。

「美味しそうだったので、つい買いすぎてしまいました。よかったら、たこやき以外

「ふふっ、ありがとうございます」

思わず笑いがこぼれる。美味しそうだったから買いすぎちゃったなんて、なんだか可愛い。

私は熱々のたこやきにふーふーと息を吹きかけてから、ぱくりとかじった。トロッとした中身が、口の中に広がって溶ける。

「うわぁ、美味しい」

「本当ですね」

私たちは口の中のたこやきを同時に飲み込み、微笑み合った。

ゆるやかな風が吹き渡り、信広さんの黒い髪がさらさらと音を立てて揺れる。屋台のほうから漂ってくる料理の匂いに混じって、爽やかな石鹸《せっけん》の香りが鼻先をかすめた。

この人と話していると、なんだか心が落ち着く。柔らかい表情としゃべり方が松下先生に似ているからかな。

私が五年前の事故でクラスメイトを全員失っていることを知っていて、気を使っているからなのか、私の過去やプライベートについては、なにひとつ聞いてこない。私も私で、信広さんにプライベートな質問はいっさいしなかった。

天気の話とか、感動した本の話とか、他愛のないおしゃべりをしているだけなのに、会話のひとつひとつが草原を吹き渡るそよ風のように優しい。

信広さんはあっというまに八個入りのたこやきを完食し、フランクフルトと焼きとうもろこしをそれぞれ一本ずつ平らげ、それでもまだ足りないかのように、ベビーカステラの袋に手を突っ込んで食べ始めた。見かけによらず、豪快な食べっぷりだ。

「信広さん、細いのによく食べますね」

「いくら食べても太らない体質なんですよ。むしろ普通の量しか食べてないと、どんどん痩せていってしまうんです」

「えっ、そうなんですか？」

ダイエットに励んでいる世界中の女の子がうらやましがりそうな体質だけど、いくら食べても太らないのも、それはそれで大変そうだ。

思ったことをそのまま口にすると、信広さんは苦笑した。

「実は大学生のとき、食事があまり喉を通らない時期があったんです。そのとき、たった二週間やそこらでガイコツみたいに痩せ細ってしまって、周りの人に心配されたことがあります」

信広さんは明るく言ったつもりなのだろうけど、私の耳にはひどく暗く聞こえた。こちらを見つめる瞳は吸い込まれそうなほど深く、その奥底に静かな悲しみが渦巻いているのを感じ取れる。

私が返すべき言葉を見つける前に、信広さんは続けた。

「まぁ、今はこの通り食欲も体重も戻りましたし、なんの問題もありませんけどね」

そのとき、吹き渡っていた風がぱたりと止んだ。祭りの喧騒の中で、私たちの周りだけ一瞬、世界から切り離されたような静寂に包まれる。

信広さんは、もうなんの問題もないと断言したけれど、本当のところはどうなのだろう。

信広さんの過去になにがあったのかは知らない。でも彼が私と同じように心に深い傷を負っているということだけは直感的にわかった。だから先生は、私と信広さんが似ていると感じるのかもしれない。

「凛々子さんもどうですか？」

信広さんはベビーカステラが入った袋を私のほうに差し出した。あれだけいっぱい入っていたのに、すでに半分以上なくなっている。

「じゃあ、ひとついただきます」

私はベビーカステラを指でつまみ、ひとかじりした。甘くて柔らかい。

「ふわふわしてて、美味しいですね」

「うん、一度食べ出したら止まらないや」

信広さんは両頰をリスみたいに膨らませながら、もぐもぐと口を動かしている。この人、やっぱり可愛い。

「信広さん、甘いものがお好きなんですもんね。先生から聞きました」

「そうなんですよ。食べ物は基本的になんでも好きなんですけど、甘いものは特に好きです。実は昨日凛々子さんがくれたクッキー、美味しすぎて俺がほとんどひとりで食べちゃったんですよ。母さんへのプレゼントだったのに、すみません」

「あははっ、謝らないでください。そんなふうに美味しいって喜んでもらえて嬉しいです。もしよければ、また私がお菓子を作ったとき、もらってください」

「ありがとうございます。楽しみにしてます」

信広さんの瞳が、子供のようにきらっと輝いた。切れ長の目をしたクールな外見とは裏腹に、少年のような人だ。その曇りのない素直さは、少しだけ唯人に似ている気がした。

それから私たちは、しばらくスイーツの話で盛り上がった。

信広さんの住んでいるアパートの近くに美味しいケーキ屋さんがあって、ほぼ毎日テイクアウトしているらしい。一番のお気に入りは生クリームたっぷりのショートケーキで、三日に一度は必ず食べるんだとか。本当に美味しいから、いつか私もそのケーキ屋さんに連れていきたい。そう信広さんは言った。

単なる社交辞令にすぎないのに、どうしてか、それが実現されるような予感がした。

彼とテーブルに向かい合って座り、『美味しいね』『これなら毎日でも食べられそう』なんて話しながらショートケーキを口に運ぶ光景は、容易に想像できる。

会話の中から察する限り、信広さんに付き合っている人はいなさそうだ。ひとり暮らしで、ほとんど職場と家を往復するだけの生活を送っているみたいだから。休日も家に引きこもって、一日中本を読んでいるらしいし……。

だからこそ余計に、その右手の薬指にはめられた指輪がなんなのか気になった。だけど尋ねなかった。なんとなく、聞いてはいけない気がするから。


おしゃべりに夢中になっていると、いつのまにか日は完全に沈んで空が暗くなっていた。夜の闇の中で、屋台の灯りが幻想的な輝きを放っている。

先生の分のたこやきはすっかり冷めてしまっていた。パックの内側が水滴で濡れている。

「そういえば松下先生、帰ってきませんね」

「きっとおしゃべりに夢中になってるんでしょうね。俺たちみたいに」

「ふふっ、そうかもしれませんね」

私たちは顔を見合わせるようにして笑い合った。ふたりの笑い声が、風に乗って屋台のほうへ流れていく。

――ドンッ。

そのとき、花火の音が辺りに轟いた。私と信広さんは同時に頭上を仰いだ。あちこちから歓声が上がる。

「始まりましたね」

「えぇ」

赤や緑、黄色や紫。色とりどりの光が、次から次へと夏の夜空に高く放たれ、巨大な円を描いてまたたき、こぼれ落ちていくように散っていく。

「綺麗ですね」

そう話しかけたけれど、花火の音で聞こえていないのか返事がない。ちらっと隣を見ると、声をかけるのも憚《はばか》られるくらい信広さんは真剣な表情で空を見上げていた。

花火の光に照らされるその横顔を眺めていたら、なぜかたまらなく泣きたくなった。

涙がこぼれ落ちそうになって、慌てて空を見上げる。

視界が潤み、満開に咲く花火が、水彩画に水をこぼしたかのようににじんで見えた。

最後に打ち上げられた三尺玉《さんじゃくだま》の花火が、キラキラ光りながら闇の中を流れ落ちていく。白煙《はくえん》に覆われた空を眺めて花火の余韻《よいん》に浸っていると、松下先生が帰ってきた。

「ふたりとも、ごめん。中学のときの友達に会ったら、昔話に花が咲いちゃって」

「いいよ、いいよ。友達に会えてよかったね」

信広さんはベンチに腰をかけたまま、先生に微笑みかける。

「ノブと凛々子さんはどうだった？　今年のこずえだ祭り、楽しめた？」

私と信広さんはちらっと視線を交わし、ふたりで大きくうなずいた。

「うん、とっても」

「はい、とっても」

先生はほっとしたように眉を開き、「よかった、よかった」とつぶやいた。

「せっかくだし、ふたりの浴衣姿の写真、撮ってもいい？」

私たちが答える前に、先生はカバンからスマホを取り出し、カメラをこちらに向けてきた。

「ふたりとも、もう少し寄ってくれる？」

「はいはい」

信広さんは先生の強引さに苦笑しながら、私たちの間に置いてあるビニール袋をどかし、座ったまま身体を寄せてきた。

肩と肩がわずかに触れる。たったそれだけのことで、胸の奥がけたたましいほどの鼓動音を鳴らした。

思春期の中学生じゃあるまいし、ただ男の人……それも先生の息子と写真を撮るだけで、なんでこんなに緊張しているんだろう。

一度意識し始めると、自分の顔にどんどん血が上ってくるのを感じた。激しく鼓動を刻む心音が、相手の耳に届いてしまいそうだ。

「そうそう。いい感じ。それじゃあ、いくわよ。ハイ、チーズ」

――カシャ。

カメラのシャッター音が、勢いよく噴き上げられた噴水の音と重なる。先生は撮った写真を確認すると、満足そうに微笑み、こちらに向かってオッケーサインを出した。

「さぁ、ふたりとも、そろそろ帰りましょうか。凛々子さん、ここまでなにで来たの？」

「バスです」

「帰りもバスの予定？」

「はい」

出口に向かって歩いていくおびただしい人の群れを眺めながら、次のバスには確実に乗れないだろうなと思った。

やっぱりタクシーで帰ろうか……と考えていたところ、先生に「じゃあ家まで送っていくから、うちの車に乗っていって」と誘われる。

「えっ、でもそんなの悪いですよ。先生のおうち、逆方向ですし……」

「いいの、いいの。遠慮しないで。って、私が偉そうに言ってるけど、実際にはノブの車なのよね」

先生の言葉に、信広さんがすっとベンチから立ち上がった。

「乗っていってください」

「本当にいいんですか？」

「もちろん」

「じゃあ……お願いします」

信広さんはうなずき、形のいい唇に弧を描いて微笑んだ。


私たち三人は、出口に向かう人の波に押されるようにして公園を出て、駐車場に入った。信広さんは浴衣の袂《たもと》から鍵を取り出し、黒いワゴン車に近寄る。そしてカチッと車のドアロックが外れる音がしたあと、彼は後部座席のドアを開けた。

「どうぞ」

「ありがとうございます」

車内はじっとりと蒸し暑かった。信広さんは運転席に乗り込むと、シートベルトをつけ、キーを回してエンジンをかけた。クーラーの吹き出し口からひんやりとした風が勢いよく流れ出す。

「私がナビ代わりに、凜々子さんの家まで道案内するわね」

助手席に乗った先生が、運転席に向かって言った。信広さんはハンドルに手を乗せて首を縦に動かす。

「そうしてくれると助かるよ」

「まずはここを出て、最初の信号を左に曲がって」

「了解」

信広さんは静かにアクセルを踏んだ。私たちを乗せた車がゆっくりと動き出す。

慣れた手つきでハンドルを切る信広さんの姿は、大人そのものだった。もしみんなも……唯人も生きていたら、私と同じ二十二歳で、立派な大人になっていた。

みんなが大人になった姿を、幾度となく想像してみたことがある。こんなふうに車を運転して好きなところに出かけたり、お酒を楽しんだり、大好きな人と結婚して家族になったり。

人一倍負けず嫌いな智ちゃんは、男性をもしのぐ勢いで仕事して、昇進して、バリバリのキャリアウーマンとして活躍していきそうだなぁ。

みんなからバカップルと呼ばれていた沙恵ちゃんと和也くんは、イチャイチャしている暇もないくらい子育てに追われていそうだなぁ。

そして私と唯人は――。

考え事をしていたら、いつのまにか自宅のすぐ近くまで来ていた。私は慌てて背もたれから身を起こす。

「あの、先生。明日、旧校舎を見に行ってもいいですか?」

一瞬、車内に緊張感をはらんだ沈黙が流れた。ルームミラー越しに、信広さんがちらっと私の顔を見る。

「えぇ、もちろんよ。何時に来る?」

先生は身体をひねってこちらを振り返り、取り繕うように明るい声を出した。

「私は何時でも大丈夫です。先生のご都合がいい時間は?」

「そうねぇ……」

先生はすっと宙に視線を走らせる。

「そうしたら明日は午後のほうが助かるわ」

「わかりました。では、午後一時くらいに行ってもいいですか?」

「えぇ、大丈夫よ。来たらいつもみたいに玄関のベルを鳴らしてね」

「――あの、俺もご一緒させてもらってもいいですか?」

突然、信広さんがフロントガラスに顔を向けたまま会話に入ってきた。

「ご存知だとは思いますが、俺も凛々子さんと同じ梢田高校の卒業生なんです。取り壊される前に、あの旧校舎をもう一度この目で見ておきたいと思いまして」

明日もこの人に会えるのだと思ったら、私は考えるより先に「いいですよ」と答えていた。たとえタイムリープが起こっても大丈夫。明日は絶対に取り乱したり、泣きわめいたりしない。笑顔でいることを選択してみせる。だから旧校舎に一緒に行くことに対して、抵抗はなかった。

「ありがとうございます。じゃあ明日は、俺もご一緒させていただきますね」

信広さんはにこっとルームミラー越しに微笑み、車を静かに私の家の玄関前に停車させた。

「着きましたよ」

「わざわざ送ってくださってありがとうございました」

私はお礼を言ってからドアを開け、車を降りた。運転席の窓が開き、信広さんが顔を出す。

「人混み、疲れたでしょ。今夜はゆっくり休んでくださいね」

「ありがとうございます。今日は信広さんに会えてよかったです。すごく楽しかったです」

信広さんは私をまっすぐ見上げ、目を細めて微笑み、「俺もです」と返した。

「俺も凛々子さんに会えてよかったです。楽しい時間をありがとうございました。明日もよろしくお願いします」

「こちらこそお願いします」

「それではおやすみなさい」

「はい、おやすみなさい」

私は玄関の前まで行き、後ろを振り向いてもう一度、信広さんと先生に向かって頭を下げる。ふたりは私に会釈を返すと、そのまま車を発進させた。

遠ざかっていくエンジン音に、急にわけのわからない切なさが込み上げてきた。私は下駄《げた》を鳴らしながら道路に駆け戻る。

けれどそこに信広さんの車はもうなく、深い静寂が漂っているだけだった。言葉では言い表せない感情の渦が押し寄せてきて、目の縁が熱くなる。

あの事故があってからおよそ初めて、心から楽しいと思える時間を過ごした。私が信広さんに向けていたのは、作り笑いでも愛想笑いでもなく、本物の笑顔だった。彼と話している間だけは自然に笑えた。過去の悲しみが薄らいでいくような気がした。

目を閉じると、さっきまで見ていた花火の光が、まぶたの裏でよみがえる。その光の残像に、夏の夜空を熱心に見つめる信広さんの横顔が重なって見えた。

第八章　最期のプレゼント

次の日、喉が渇いて目が覚めた。カーテンの隙間から差し込む鋭い日差しが、床に白い線を走らせている。

スマホの待ち受け画面を確認すると、時刻は午前十一時九分だった。こんな時間になるまで一度も起きないなんて、かなり深く眠り込んでいたみたいだ。久しぶりの人混みだったから、疲れちゃったのかな。

私は部屋を出て一階に向かった。冷蔵庫の中から麦茶を取り出し、コップに注いで一気に飲み干す。

家の中はしんとしていて、二階で時折鳴っている風鈴の音しか聞こえない。この静けさには慣れているはずなのに、昨日の夜ずっとにぎやかな空間にいたせいか、寂しさのようなものを覚えた。

音が欲しくなって、リビングの窓を大きく開け放った。外の音や匂いとともに軽やかな夏の風が入ってきて、レースのカーテンを揺らす。

窓に手をかけたまま、リビングのカレンダーに視線を動かした。

【七月二十八日　月曜日】

三日後には、旧校舎の解体工事が始まる。教室がなくなるのと同時に、みんなもまたいなくなってしまう。唯人も、智ちゃんも、沙恵ちゃんも、和也くんも、みんな死んでしまう。

……いや、違う。死んでしまうのではなく、もう死んでいるんだ。私はその〝現実〟を受け入れなくちゃいけない。

静かに窓を閉め、二階の自室に戻った。髪をドライヤーでブローし、買ったばかりのパステルブルーの膝丈ワンピースに着替え、鏡に向かって化粧をする。こうやって少しでもおしゃれをしていると、気持ちが前を向くような気がした。

支度を終えて玄関を出ると、明るい夏の陽光が辺り一面に照りつけていた。私はそのまぶしさに目を細めながら自転車のスタンドを蹴り上げ、サドルにまたがった。

約束の時間より、少し早めに学校に着いた。

裏門の脇に自転車を止めて玄関に向かって歩いていくと、木陰から空を見上げている信広さんの姿があった。昨日の浴衣姿とは打って変わって、無地の白いTシャツにブルージーンズというラフな格好をしている。

それでもきらびやかに見えた。木もれ日が彼の頭上に降り注いでいて、まるでそこだけスポットライトが当てられているみたい。

モデルのようにすらっと長い足にジーンズがよく似合っていて、この人だったらきっとどんな野暮ったい服でも完璧に着こなすのだろうと思った。

空を見上げていた視線がふと動き、こちらに向けられる。信広さんは私の存在に気づくと、軽く手を上げて微笑んだ。開いた唇のすき間から、綺麗に並んだ歯が白く光っている。つられて私の唇も自然と笑みの形になり、引き寄せられるように歩み寄る。

「昨日は楽しかったですね」

先に声をかけてきたのは、信広さんだった。本当に楽しかったと思ってくれているのが、声と表情から伝わってくる。

年の近い人とあんなにしゃべったのはいつ以来だったんだろう。昨日のことを思い出すと、胸がほっこり温かくなる。

「えぇ、本当に楽しかったですね」

信広さんの目を見つめながら、またいつか一緒に行けたらいいな、と心の中でそっと付け足す。

「ところで凛々子さん、昨日はよく眠れましたか?」

「はい。熟睡しすぎて、目が覚めたら十一時過ぎてました。危うく寝坊するところでしたよ。信広さんは?」

「俺は朝早く目が覚めちゃったんで、ずっと本を読んでました。俺の場合は物語に夢中になりすぎて、危うく遅刻するところでしたよ」

信広さんは頭をかきながら、のどかな笑顔を作った。

「そんなに夢中になるなんて、その本、よっぽど面白いんですね」

「えぇ。主人公の男の子が、クラスメイトの女の子が飼っている猫と入れ替わっちゃう お話なんですけど、それがまた面白くて」

「あははっ、確かに面白そう」

やっぱりこの人と話していると、会話も気持ちも弾むし、無意識に笑顔がこぼれる。凍った心が少しずつ溶けていく。

「凛々子さん、楽しそうに話してるわね」

私の声が聞こえたのか、ベルを鳴らす前に松下先生が玄関から出てきた。

「あっ、先生。こんにちは」

「こんにちは。昨日の疲れは取れた？」

「はい、すっかり取れました」

「それはよかった」

先生はゆったりと微笑み、手に持っていた旧校舎の鍵を鳴らした。

「行く？」

「お願いします」

先生の後ろを、私と信広さんは肩を並べて歩き出した。

旧校舎の裏口から中に入ると、信広さんは「うわぁ、懐かしい」と声を上げた。彼が目に映るものすべてに対して「懐かしい、懐かしい」と繰り返すのを隣で聞きながら、二年一組の教室に向かう。

私の足は、教室の前でぴたりと止まった。それとは反対に、信広さんはすたすたと中に入っていく。彼は教卓の前で立ち止まり、黙って室内を見渡している。

「凛々子さん、大丈夫？」

耳元で先生がささやいた。私は前を向いたまま、ゆっくりとうなずく。

この先に、みんながいる。自分たちが三日後に死んでしまうとは夢にも思わず、無邪気に笑い合っているみんなが。

考えると泣きそうになって、慌てて天井を見上げた。

相手が死ぬとわかっていながら会いに行くのは、この上なくつらい。それでも私は、みんなに会いたい。

深く息を吸い込み、笑顔を作って教室の中に足を踏み込むと。

――キーンコーンカーンコーン……。

チャイムが鳴り始めた。黒板の上の壁時計が、太陽のように輝き出す。

私は無意識に、信広さんの背中に向かって手を伸ばしていた。信広さんがおもむろにこちらを振り返る。

その瞬間、目の前が真っ白になり、激しいめまいに襲われた。

＊＊＊

「──おめでとう！」

弾けるような拍手の音が響き渡る。

目を開けると、教室の中には二年一組のみんながいた。全員が私に注目していて、パチパチと手を叩いている。

おめでとう？　突然のことに一瞬きょとんとしたものの、それがなんなのかすぐに理解した。

視線を正面黒板の横の時間割表に転じれば、そこには土曜日に見たときと同じく【十月二十二日　月曜日】と書かれている。

……私の誕生日だ。

「はい、凛々子ちゃん」

智ちゃんが細長い小さな箱をこちらへ差し出す。

「お誕生日おめでとう！」

「これって……」

箱を開けなくても、中に入っているものがなんなのか、瞬時にわかった。私の名前が刻まれたシャープペンだ。

「これは私たちふたりからだよ」

今度は沙恵ちゃんと和也くんが、赤い紙袋を私の前に差し出す。これも中身を確認しなくてもわかる。花柄のトートバッグだ。

それからクラスのみんなは、次々と私にプレゼントを渡していった。机の上があっというまに当時の私が欲しかったものでいっぱいになる。

唯人は私の前に立つと、土曜日のことなんてこれっぽっちも覚えていないような、いつもと変わらないあどけない笑顔を浮かべた。

「俺は今日の放課後に渡すね。とびっきりのプレゼントを用意したから、楽しみにしてて」

……知ってる。そのとびっきりのプレゼントがなんなのかを。そのとき交わした会話のひとつひとつも記憶に深く刻み込まれていて、まるで昨日のことのように思い出せる。

ふいに、記憶の扉が勢いよく開け放たれた。


——五年前の十月二十二日。

だれもいない放課後の教室で、私と唯人は向かい合って立っていた。

「リリ、改めてお誕生日おめでとう」

唯人が私に、小さな紙袋を差し出してくる。

「開けてみて」

「うん！」

紙袋から箱を取り出し、そっとふたを開ける。箱の中には、白鳥の絵が彫られた指輪が入っていた。

「うわぁ、可愛い！」

気持ちが舞い上がりすぎて、小さな子供のようにその場でぴょんぴょん跳ねてしまった。そんな私に、唯人はさらに嬉しいことを言う。

「それ、ペアリングなんだ」

「ペアリング？」

「そうだよ」

唯人は制服のポケットからもうひとつ指輪を取り出し、私の指輪とくっつけた。

「こうやって合わせると、白鳥がキスしてる絵になるんだ」

「本当だ、素敵！　すっごく嬉しい。ありがとう。一生大事にする！」

「あははっ、一生だなんて大げさな。でもそんなに喜んでもらえたなら、やっぱりプレゼントはこれにしてよかった」

唯人が頬を赤く染めながら、はにかんだように笑った。それを見て私も赤くなる。

「その指輪、リリの指につけてもいい？」

「うん！」

「じゃあ右手、出して」

右手を差し出すと、唯人は薬指にペアリングをはめてくれた。

「唯人、すごーい。指輪のサイズ、ぴったりだよ」

私は右手を天井にかざして、うっとりと眺めた。

「ははっ、だてに一年以上リリの彼氏やってないからね」

「私も唯人の指につけたい。いい？」

「あぁ、もちろん」

私も唯人の差し出した薬指に、すっと指輪を通す。

なんだかこれって……。

「結婚式みたいだな」

とろけるような言葉が、甘く鼓膜を叩いた。私と同じことを考えてくれていたなんて……嬉しすぎる。

すると唯人は笑顔を引っ込めて、急に真面目な顔になった。

「リリが生まれてきてくれて本当によかった。出会えてよかった。俺の彼女でいてくれてありがとう」

「ちょっ、突然どうしたの。そんな改まっちゃって」

「わかんない。ただどうしても言葉にして伝えたくて」

　唯人は真剣な目をしたまま私の右手を取り、両手で固く握る。

「好き。毎日惚れ直しちゃうくらい大好き。これからもリリとずっと……ずーっと一緒にいたい。そんな世界で一番大好きなリリに、いつか本物の結婚指輪をプレゼントできたらいいな」

「唯人……」

　私は唯人の手に自分の左手を重ね、何度も何度もうなずいた。

「私も唯人のことが大好き。世界で一番好き。これからもずっと……ずーっと一緒にいたい」

　私と唯人はおでこをくっつけ合わせ、無邪気に笑い合った。

　窓辺のカーテンが風をはらんで大きく膨らみ、花嫁のベールのように柔らかくふたりを包み込んだ――。


「……今、欲しい」

　私がそうお願いすると、唯人は目を丸くした。

「えっ、今？」

「うん、どうしても今がいいの」

「俺はそれでも別に構わないけど、リリはいいの？　みんなの前で渡したら、リリが恥ずかしくて嫌がるかなって思ったんだけど……」

「いいの」

私は唯人の両手を握り、彼の目をまっすぐ見上げながら、もう一度繰り返した。

「今、欲しいの」

声が震えた。泣き出しそうになっていることを悟られたくなくて、私は必死に笑ってごまかす。

「だって唯人のプレゼントが気になって、絶対午後の授業に集中できないもん。ねっ？だからお願い」

「ははっ、可愛いこと言ってくれるね。わかった。じゃあ……」

唯人は席に戻っていき、五年前にくれたのとまったく同じ紙袋を持ってきた。

「お誕生日おめでとう」

「ありがとう」

私は紙袋を受け取り、中から小さな箱を取り出した。

「なになに？」

「アクセサリー？」

みんなが興味津々の顔で集まってくる。全員の視線が、私の手の中の箱に集中している。この中に白鳥の絵が刻まれたペアリングが入っているということは、私と唯人しか知らない。

私はゆっくりとふたを開けた。窓から差し込む秋の日差しが指輪に反射して、弾けるように光った。どっと歓声が上がり、だれかの口笛が甲高く響く。

「うわぁ、可愛い！」

湧き上がってくる涙を切なさと一緒に飲み込みながら、五年前と同じセリフを、同じ無邪気さで口にした。すると唯人は制服のポケットからもうひとつ指輪を取り出し、私の指輪にそっと当てた。

「こうやって合わせると、白鳥がキスしてる絵になるんだ」

「本当だ、素敵。唯人とペアリング、嬉しい」

「喜んでもらえてよかった」

唯人は嬉しそうに口元をほころばせる。

「ありがとう。一生大事に……」

嗚咽が込み上げてきて、その先の言葉が続かなかった。

「リリ？」

「ごめん、嬉しくて。ありがとう。本当にありがとう」

泣くつもりなんてなかったのに、こらえきれなくなった涙がポロポロと目からこぼれ落ちる。

「ははっ、泣くほど喜んでくれるなんて、やっぱりプレゼントはこれにしてよかった」

唯人はくしゃっと目尻にシワを寄せ、満足そうに微笑んだ。

「ねぇ、唯人。この指輪、私の指につけてくれない？」

「えっ？」

「お願い。唯人につけてほしいの」

この和やかな空気にふさわしくないような、切迫した声になってしまった。

「みんなの前だけどいいの？」

「うん」

「……今日はめずらしく積極的だね。わかった。つけてあげる」

唯人は私が差し出した右手の薬指に、優しく指輪をはめる。サイズはもちろんぴったりだった。

「唯人も右手出して」

私は唯人から指輪を受け取り、それを彼の長くて綺麗な指にはめた。周りから、さっきよりも大きな歓声と拍手が起こる。

「なんか結婚式みたいだな」

そうつぶやき、前歯で下唇を噛んでちょっと照れたように笑う唯人に、精一杯の微笑みを返す。

「うん、そうだね」

私は手のひらを天井にかざすようにして、右手の薬指を眺めた。

これが唯人からの最期のプレゼントなんだ……そう思ったら、なにか熱いものが胸の中を駆け抜けていった。

唯人からもらったこの指輪だけじゃない。シャープペンも、トートバッグも、みんなからもらったものは結局、なにひとつ身につけることも使うこともできていない。すべてダンボール箱の中に入れて、ずっと押し入れの奥にしまってある。そしてそのまま一度も開けていない。

開けていないというより、開けたら心が壊れてしまいそうな気がしてできなかった。これらすべてが私に贈られた最期のプレゼントなのだと思うと、見るのも触れるのも怖かった。

だけど、ただ悲しいだけだった過去が、大切な思い出に変わり始めている今、ようやくその恐怖心が自分の中から波が引くように消えていくのを感じた。

私は右手を静かに下ろし、プレゼントが山積みになった自分の机のほうに向き直る。

「みんなのプレゼントも開けていい？」

「えっ、私たちのも？」

「うん。どうしても今、開けたくて」

みんなはちょっと驚いた顔をしたけれど、すぐに首を縦に振った。

「いいよ。開けてみて」

「ありがとう」

私は震える手で、ひとつずつ包みを開けていった。包みを開けるたびに胸が強く締めつけられ、鼻の奥がつんと痛くなる。

「智ちゃん、ありがとう」

「沙恵ちゃん、ありがとう」

「和也くん、ありがとう」

私はプレゼントを胸に押し当てながら、ひとりひとりにお礼を言っていった。

どこにでも売っているような文房具や小物でも、私にとっては世界にたったひとつしかない、かけがえのないもの。生前のみんなの思いが、このひとつひとつにこもっている。

「みんな、ありがとう」

こんな短い言葉じゃ、全然足りない。だからこの五文字に精一杯の気持ちを込めて伝える。

「ありがとう。本当に……本当に……ありがとう」

「お礼を言わなきゃいけないのは、むしろ私たちのほうだよ」

智ちゃんが代表するように一歩前に踏み出した。

「こちらこそ、いつも美味しいお菓子をありがとう」

「リリ、いつもありがとな」

「ありがとね」

「ありがとう」

教室の中は、『ありがとう』の声でいっぱいになった。心に温かいものが広がり、視界がさらに潤む。

「凛々子ちゃんにあらかじめ伝えてあった通り、今日は私たちがお昼ご飯を用意してきたから、その準備をしている間、ちょっと待っててね」

智ちゃんたちは机を繋げ始め、そこにせっせと料理を並べていく。いなり寿司、サンドイッチ、からあげ、ウインナー、サラダ……すべて並べ終えると、智ちゃんが教壇に上がる。

「今日のお昼はバイキング形式です。そこの紙皿を使って料理を取ってね。それではみなさん、手を合わせてください」

パンッ、という音が教室の中に響く。

「いただきますっ！」

 次の瞬間、みんなはいっせいにテーブルに駆け寄り、押し合うようにして料理を取り始めた。

「おーっ、このからあげ美味そう！」

「おい、和也！　取りすぎっ！」

「ふんっ、早い者勝ちだもんねーだ」

「和也くんがその気なら、私だって！」

まるでバーゲン品を巡って大乱闘を繰り広げている主婦たちみたいだった。もはやだれも紙皿を使っておらず、容器から直接食べている。

「こらっ、みんな！　凛々子ちゃんが主役でしょうが！」

智ちゃんが声を飛ばすと、みんなは口をもぐもぐさせながら、悪気のない顔で私のほうを振り返った。それを見た智ちゃんが、「まったく」とため息交じりにつぶやく。

「食いしん坊なやつらなんだから」

「あははっ、本当！」

私は目尻にたまった涙を手の甲で拭いながら笑った。するとみんなも一緒になって笑い声を上げた。

食いしん坊で、元気で、無邪気で、本当によく笑い、よく笑わせてくれる人たちだった。こんなふうにみんなと再び笑い合えるなんて、夢の中にいるみたいだ。

もう悩むのも、泣くのも、やめよう。過去も未来も全部忘れて、今、目の前にいるこの人たちと、くだらない冗談を飛ばし合って、バカみたいにはしゃいで、笑っていたい。神様がくれたこの奇跡を、ただ噛みしめたい。

「ちょっと、みんな！　主役を忘れないでよーっ！」

私は拳を高く上げ、飛び込むようにしてみんなの輪の中に入っていった。

三日後には全員死んでしまうことが信じられないような、明るい笑い声が絶え間なく続く。私も声が枯れるほど笑った。

悲しい別れになってしまったけれど、それでもみんなと出会えてよかった。この人たちと同じ時間を過ごせてよかった。たくさんの笑顔にあふれた思い出を残してくれて、ありがとう。

――キーンコーンカーンコーン……。

私たちの笑い声に、チャイムの音が重なった。時計から発せられる光で視界が白く染まり、みんなの姿がおぼろげになっていく。

私はみんなからもらったプレゼントをかき集め、両腕いっぱいに抱えながら、ひとりひとりの顔を見回した。

「みんな、ありがとう。本当に、本当に――」

途中から自分の声が聞こえなくなった。なにもかもが五感から遠ざかっていく中で、私はありったけの笑顔を作り、両腕にぎゅっと力を込めた。その瞬間、腕の中にあったプレゼントが、ふっと空気に溶けるようにして消えた。

＊　＊　＊

「――大丈夫ですか？」

耳元で、低く澄んだ声がした。目を開けると、信広さんが驚いた顔で、傾いた私の身体を支えるようにして立っている。

「んっ……」

ぼんやりする頭を押さえながら、私はゆっくりと身体を起こした。

教室の中にみんなの姿はない。みんなからもらったプレゼントも、薬指の指輪も、すべて消えている。

「凛々子さん？」

「あっ、えっと、すみません。ちょっとめまいがして」

「めまい？　大丈夫ですか？」

信広さんの隣で、先生も心配そうに眉を寄せて私を見ている。

「ええ、大丈夫です。たぶん暑さのせいでクラッとしただけなので、お水を飲めばすぐによくなります」

私はカバンの中から水筒を取り出し、冷えた麦茶を喉に流し込んだ。本当に身体が水分を欲していたようで、あっというまに水筒の中身が空になる。

「やっぱり単なる水分不足でした。もう平気です」

私が明るく笑ってみせると、先生はほっとしたようなため息をついた。しかし信広さんのほうは、どこか釈然としない顔をしている。

「ノブ、他の教室も見に行く？」

先生の声が聞こえていないのか、信広さんは無言で私をじっと見つめたまま。その心の奥を見透かすような視線に、鼓動が速くなる。

「ノブってば」

先生がもう一度呼びかけると、信広さんは我に返ったように目をまたたいた。

「ごめん、なんだっけ？」

「他の教室も見に行く？　って聞いたのよ」

「あっ、うん。そうしようかな」

信広さんがそう答えると、先生は私に視線を戻した。

「凛々子さんはどうする？」

タイムリープの余韻からまだ完全に抜け出せていないのか、頭がふわふわする。少しの間、ひとりになりたい気分だった。

「私はもう少しここにいてもいいですか?」

「ぇぇ、もちろんよ」

先生はすっと目尻を下げ、気遣うような笑みを浮かべる。

「じゃあ他の教室も回ったら、また戻ってくるわね」

「はい」

先生と信広さんは軽い会釈を残して教室を出ていった。ふたりの話し声と足音が遠ざかっていき完全に聞こえなくなると、外で鳴き続ける蝉の声が静寂を埋める。

私は古びた教卓に腰をかけ、ぼんやりと教室の中を眺めた。こうしていると、席に座っておしゃべりしているみんなの姿が見えるような気がするから。

みんなは確かにここにいた。この場所で肩を並べて授業を受け、机を囲んでお弁当を食べ、おしゃべりをし、声をそろえて笑った。

私は本当に幸せだった。あまりにも幸せすぎて、あの時間すべてが、本当は夢だったのではないかと思うほどに。

どれくらいの時間が過ぎただろうか。ふいに人の気配を感じて、教室の入り口に視線を向けると、信広さんがドアの前に立っていた。

「おかえりなさい。先生は？」

「母さんは仕事があるので、先に戻りました。ところで、凛々子さん」

信広さんは生真面目な顔でこちらに歩み寄ってくる。

「俺に本当のことを話してもらえませんか」

「本当のこと？」

「さっきのあれ、ただのめまいじゃないですよね？」

「えっ……」

私は思わず寄りかかっていた教卓から身を起こす。

「それって、どういう意味ですか？」

「実は梢田町に戻ってくる前、母さんから何度か電話で凛々子さんのことについて相談を受けていました。凛々子さんはこの教室に入ると、クラスメイトたちを失った悲しみから幻覚を見てしまうって」

「私は幻覚なんて見ていません」

意識したつもりはないのに、〝幻覚〟という部分を強調していた。

「じゃあ……」

真摯なまなざしが私を貫く。

「凛々子さんが〝見ているもの〟はなんですか？」

一瞬蝉の声が止まり、辺りが海の底のように静かになった。信広さんの目は私を捕らえて離さない。

どうしてなのかはわからない。だけど唐突に、この人に本当のことを打ち明けたい衝動に駆られた。その衝動に突き動かされるようにして、口が「タイムリープ」という単語を発していた。

「タイム……リープ……？」

信広さんは私に顔を寄せ、声を低めた。

「はい。この教室に入った瞬間、チャイムの音が聞こえて、その時計が光り出すんです。それで――」

教室に入ると、一日に一度、タイムリープが起こること。タイムリープ先の日付は修学旅行の九日前から始まって、こちらが一日経つと、向こうの日付も同じように一日進んでいること。そして過去の世界にとどまっていられるのは、昼休みの一時間だけだということ。私は自分の身に起きている現象について、全部話した。

私が話している間、信広さんは一度も口を挟まずに、ただひたすら真剣な表情で相《あい》槌《づち》を打ち続けていた。

「そうだったんですね」

話を全部聞き終えた信広さんが発した言葉は、それだけだった。私の話を疑う素振りはいっさい見せない。つまらない励ましや同情の言葉を並べたりもしない。

「こんな話、信じられませんよね」

「いえ、俺は信じます」

「えっ？」

予想外の返事に、思わず目を見開いてしまった。

「凛々子さんは幻覚を見ていたわけじゃなくて、五年前にタイムリープしていたんですね」

そのまなざしから、彼が口先だけではなく、私の話を心から信じてくれていることがわかった。

「信広さんが信じてくれるなんて、なんか意外です。こういう非現実的なことは信じない主義だと思っていたので」

「むしろその逆ですよ。タイムリープはもちろん、幽霊とか、ＵＦＯとか、未来予知とか、そういうの全部信じてるんで」

それは本当に意外だった。どこか冷めた印象が強い信広さんからは想像もできないような純粋さで、驚きを隠せない。

こんなふうにタイムリープの話をして、すんなり信じてくれるのは、唯人だけだと思っていたのに……。

「こんなことを言ったら気を悪くされるかもしれませんが、俺は凛々子さんがうらやましいです」

「私がうらやましい……?」

短いけれど、深い沈黙があった。信広さんは「だって」と続ける。

「たとえほんのわずかな時間でも、本来なら二度と会うことのできないはずの人と会えたんですから」

信広さんはうつむき、きつく目を閉じた。そのまぶたが痙攣《けいれん》しているのは、必死に感情を抑え込もうとしているからなのかもしれない。

「もしかして……信広さんにも会いたい人がいるんですか?」

しばらくの沈黙のあと、信広さんは「はい」と決心したように顔を上げた。

「実は俺も、過去に大切な人を亡くしてまして。だけど凛々子さんとは違って、俺の場合は事故や病気が原因ではなく、自らの意思によって絶たれてしまった命なんです」

「それってつまり……」

「そう、自殺です」

太陽に雲がかかり、信広さんの顔に暗い影が走った。私の目は、彼の右手の薬指に留まる。

まさかその指輪って、亡くなった彼女の形見なんじゃ……。

信広さんは苦しそうに息を吸った。

「いつも笑顔で明るい子でした。だからまさか自殺してしまうなんて夢にも思っていませんでした。俺は彼女の一番近くにいながら、なにも気づいてあげられなかった。彼女のことをだれよりも理解しているつもりになっていただけで、実際は彼女のこと、これっぽっちもわかっていなかった。俺は……俺は……」

声の震えがひどくて、最後のほうはまともな言葉になっていなかった。信広さんは手で顔を覆い、小刻みに肩を震わせている。自分を強く責めているようだ。

彼のこれまでの苦しみを想像すると、たまらない気持ちになった。胸が張り裂けそうに痛い。

恋人を自殺で亡くした人に対して、大丈夫、あなたのせいじゃないから、などという無責任な励ましの言葉はかけられなかった。そういう言葉がかえって相手を傷つけてしまうことを、痛いほどよくわかっているから。

私は衝動的に信広さんの胸に飛び込んだ。信広さんの両腕が、ぎゅっと私の背中に回される。太陽を遮っていた雲が通り過ぎ、教室の中に白い真夏の光が差し込む。

ふいに、耳元でしゃっくりのような嗚咽が聞こえた。まるでそれが引き金になったかのように、私の口からも嗚咽がもれ、目から熱い涙があふれ出す。

だれもいない旧校舎の教室で、私たちは抱き合ったまま泣いた。

信広さんの目からこぼれ落ちた悲しみが、私の悲しみと混ざり合ってひとつになり、ゆっくりと頬を流れていった。

第九章　一番好きな時間

翌朝、枕元で鳴っているアラームを止め、ゆっくりと身体を起こした。お父さんとお母さんはちょうど出かける準備をしているようで、一階から物音が聞こえてくる。

スマホを充電器から外し、待ち受け画面をのぞく。七月二十九日の火曜日。先週の今日、松下先生から電話がかかってきた。

『実はね、旧校舎の取り壊しが来週の木曜日から始まることになったのよ――』

受話器越しの先生の声が、耳の奥でよみがえる。

九日後だった旧校舎の取り壊しが、早くもあさってに迫っている。そして五年前の日付もまた、刻々と修学旅行の日に近づいている……。

スマホを切ったとき、黒い画面に反射して映った自分の顔を見て、思わずぎょっとしてしまった。

どうしよう。まだ目の腫れが引いてない。

リビングに行こうかと思っていたけれど、こんな状態では両親と顔を合わせづらい。私は再びブランケットにくるまり、ふたりが家を出ていくまでベッドの中でじっとしていることにした。

――昨日はあれから、私と信広さんは泣いて泣いて泣きまくった。あまりにも泣きすぎて、もはやなにに対して泣いているのかわからなくなるほどだった。

ひとしきり涙を流して我に返ったのか、信広さんは赤くなった目を細めて恥ずかしそうに笑った。

「すみません。みっともない姿をお見せしてしまって」

「いえ、みっともないだなんて、そんな……」

むしろみっともないのは自分のほうだと思った。汗と涙と鼻水でメイクが落ちて、顔がぐちゃぐちゃになっているに違いない。

「俺、こんなふうに人前で泣いたの、すごく久しぶりでした。凛々子さんの前だとどうも気がゆるんでしまうみたいです」

「私もです。信広さんとは昨日初めて会ったばっかりなのに、なんだかずっと前から知っている相手のような居心地のよさがあります」

そう感じるのは、きっと私たちが同じ心の痛みを抱えているから。この人となら、本当の意味でお互いを理解し合えるような気がする。

私と信広さんは赤く腫れた目でお互いをまじまじと見つめ合い、ふっ、と微笑み合った。窓の外では、相変わらず声高に蝉が鳴いていた――。

しばらくして、玄関のドアが閉まる音がした。お父さんとお母さんの話し声が窓の外を通り過ぎていく。

ふたりが出かけたことを確認し、私はベッドから降りてカーテンを開けた。朝の日差しが、部屋の中いっぱいに差し込む。

「そういえば……」

昨日のことを思い出し、私は押し入れを開けて奥のほうに眠っているダンボール箱を引っ張り出した。

この中に、みんなからもらった最期のプレゼントが入っている。今まで怖くてずっと開けられなかったけど、ようやく今日、開けることができそう。

私はダンボールのガムテープを剥がし、中身をひとつずつ取り出して床に並べていった。

床に広げたプレゼントを眺めても、不思議と涙は浮かんでこなかった。心の中に温かいものが流れ込んできて、涙の代わりに唇に笑みが浮かぶ。

みんなからもらったプレゼントを目に見える場所に飾ると、殺風景だった部屋が一気に華やかになった。

最後に、ドレッサーの前に指輪のケースを置いて、ふたを開けた。唯人とのペアリング。長い間、しまいっぱなしにしていたから、わずかに変色している。

指輪をケースからそっと取り出し、自分の右手の薬指に通してみた。これをもらった当時——昨日唯人にはめてもらったときには、サイズがぴったりだったのに、少しゆるくなっている。あの頃と比べて身長はほとんど変わっていないのに、体重が五キロくらい減ってしまったから、仕方ないのかもしれない。

指輪を外そうとして、手が止まった。

このままでいたい。唯人がもうこの世にいないという現実は、きちんと受け入れている。いつまでも過去の恋人に執着するべきじゃないこともわかっている。だけどこの先どうなるにせよ、とにかく今は、今だけは……まだ唯人の彼女でいたい。


午前十時。自転車を学校の裏門の脇に止め、玄関に向かって歩いていると、信広さんが木の幹に寄りかかって文庫本を読んでいるのが見えた。本の世界に入り込んでいるのか、私が近づいてきていることに気づいていない様子だ。

「おはようございます」

声をかけると、信広さんはようやく本に落としっぱなしにしていた目を上げた。

「あっ、凛々子さん。おはようございます」

ふたりの視線が柔らかく交わる。昨日何時間も泣き続けたせいか、信広さんの目元が少し赤くなっていた。私はそれに気づかないふりをして明るく振る舞う。

「なんの本、読んでるんですか？」

「光の剣を手に入れた勇者が魔王を倒しに行くお話です」

「えっ、信広さんって冒険ファンタジーも読むんですか?」

「本なら基本的になんでも読みますよ。女性向けの甘々な恋愛小説とかも読みますし」

信広さんは無邪気に表情を崩した。私たちの間をゆるやかな風が吹き抜け、木もれ日が足元にまだら模様を描きながら、ちらちらと踊る。

信広さんの目が、ふと私の右手の薬指に注がれた。なにか言うのかと思ったけれど、彼は黙って微笑んだだけで、それについてはまったく触れなかった。

「凛々子さん、おはよう」

外で話している私の声を聞いて、松下先生が玄関のほうから小走りに歩いてきた。その手には旧校舎の鍵が握られている。

「おはようございます」

「まだ午前中だっていうのに、溶けるような暑さね」

「本当ですね」

私たち三人は短い言葉を交わしつつ、旧校舎に向かった。裏口から中に入り、木造の廊下をギシギシ踏みながら二年一組までやってくる。

教室の前で足を止め、隣に立つ信広さんを見上げると、彼は私を肩越しに見下ろし、『いってらっしゃい』と声は発さずに口だけ動かした。

私は黙ってうなずき、ゆっくりと前に向き直った。足を大きく前に踏み出す。

――キーンコーンカーンコーン……。

チャイムの音が教室の中に響き渡った。

私は顎に力を入れてまっすぐ前を見据え続ける。頭上の壁掛け時計から放たれる強烈な光が教室全体を覆い、束の間、なにも見えなくなった。めまいがし、がくん、と身体が揺れる。

＊＊＊

光がおさまったのを感じて顔を上げると、私は五年前の教室にいた。室内ににぎやかな話し声があふれている。

この不可解な現象にすっかり慣れてしまったのか、もう驚いたり動転したりすることはなかった。

自分の右手の薬指を見れば、唯人からもらった指輪がはまっている。ついさっきまで少しゆるかったのに、今はサイズがぴったりだ。

いつものように時計を見上げる。時刻は今日も十二時。そのまま視線を横へずらし、時間割表に書かれている日付を確認した。

【十月二十三日　火曜日】

時間が止まってほしいと願う私の気持ちなどお構いなしに、日付は当然のごとく一日進んでいる。

「リリ」

唯人の声がして振り返ると、彼はこちらに向かって右手を上げていた。

「今日はリリの席で食べよーっ」

その薬指には指輪が光っている。それを見て、目の奥が熱くなった。

泣くな、凛々子。笑え。笑うんだ。

自分に言い聞かせながら、私も唯人とおそろいの指輪をつけた右手を上げ、笑顔を作って彼のほうへ歩み寄った。智ちゃんと沙恵ちゃんもお弁当袋を持って私の席に集まってくる。

「いいね、いいね。じゃあ私は凛々子のとーなり」

「じゃあ私は凛々子ちゃんの左隣で」

沙恵ちゃんと智ちゃんは近くの椅子を引っ張ってきて私の両サイドに置き、素早く座った。

「えーっ、ズルイ！　俺もリリの隣がよかったのに！」

「はい、残念でした。この席はもううちらのものだもんねー」

「だね」

沙恵ちゃんと智ちゃんは意地悪な笑みを浮かべてうなずき合う。

「いいもん。俺はリリの正面に座るから」

「じゃあ俺は仕方なく、お前の横に座ってやるとするか」

少し遅れてやってきた和也くんが、やきそばパンを片手に唯人の隣にどさりと腰を下ろした。

「ちょっ、〝仕方なく〟ってどういう意味だよ」

「そのままの意味だよ」

「まったくカズは素直じゃないんだから。本当は俺の横に座りたくて座りたくてしょうがないくせに」

「バーカ。このやきそば、お前の鼻の穴に突っ込むぞ」

和也くんは袋に入ったやきそばパンを、唯人の顔にぐりぐりと押しつけた。

「あはは、やめろって」

なんだか、じゃれ合う子犬みたい。生まれたときからの幼なじみなだけあって、見ているこっちが微笑ましくなるくらい仲がいい。

ふいにおかしくなって、私はくすくすと肩を揺らして笑った。みんなも大きな口を開け、天井を仰ぐようにして笑顔を弾けさせる。

そのとき一瞬、自分が本当に十七歳に戻ったような錯覚にとらわれた。

「凛々子ちゃん、お弁当は？」

智ちゃんがおむすびの包みを剥がしながら聞く。

もしかしてと思い、私は自分の机の横にかかっている学生カバンを開けてみた。当時使っていたうさぎ柄の赤いお弁当箱が入っている。

ふたを開けると、中にはおむすびがふたつと、色とりどりのおかずが所狭しと並んでいた。お母さんの手作り弁当だ。大好物だった卵焼きとタコさんウインナーも入っている。

「いただきまーす！」

みんながお昼ご飯を食べ始めたので、私もお母さんが作ってくれたお弁当を数年ぶりに口にしてみた。

あぁ、美味しい。やっぱりこうしてみんなで机を囲んで食べるお弁当は、特別に感じる。

「その指輪、本当に素敵だよね。いいな、いいなー」

沙恵ちゃんが私の右手をのぞき込みながら、わざと和也くんに聞こえるように声を高めた。すると和也くんは、やきそばパンの残りを口の中に放り込んで肩をすくめた。

「俺だって本当は、沙恵の次の誕生日にペアリングをプレゼントしようって決めてたんだぞ」

「えっ、そうなの？」

沙恵ちゃんはフォークを持ったまま両目を大きくする。

「そうだよ。それがまさか唯人なんかに先を越されるとは」

「へへーん。俺、やるときはやる男だもんね。将来は本物の結婚指輪を左手の薬指にはめてあげるから、楽しみに待っててな」

無邪気に将来の約束をする唯人に、胸が締めつけられたように苦しくなった。ご飯が急に喉を通らなくなる。

私たちに将来はないんだよ。将来どころか、現在すらない。そう思った途端、右手の薬指にはめられた指輪が、ずっしりと重たく感じられた。

「ねぇ」

私は手に持っていた箸を置き、唯人を見上げた。

「もし将来、私と離れ離れになって、二度と会えなくなっちゃったら……唯人はどうする？」

「二度と……会えなく……？」

ぽかんとした顔になる唯人。心の内を悟られまいと、私は軽く聞こえるように笑いながら言った。

「もしも、の話だよ」

私の言葉に、唯人は愛おしそうに目を細めた。

「もちろん、リリのことは俺が幸せにしたい。だれよりも近くにいたいし、だれよりも多くリリの笑った顔が見たい。だけどたとえそれを自分ができなかったとしても、リリには幸せな人生を歩んでほしい。綺麗事とかじゃなくて、本当にそう思ってる。リリの幸せが俺の幸せなんだ」

唯人は机に身を乗り出し、私の頭にそっと手を置いた。

「だからきっと俺は、今と変わらず、ずっとリリの幸せだけを祈ってるよ」

耳元でささやかれた声は、切ないほど優しかった。唯人の想いの大きさを知り、それが私をたまらない気持ちにさせる。

「ありがとう……唯人……」

私はかろうじて笑顔を保つ。唯人は静かに手を離し、歯を見せずに微笑んだ。そんな私たちを、他のみんなは優しい目で見守っていた。


お昼ご飯を食べ終わったあとも、にぎやかなおしゃべりの時間は続いた。

「――でさー、俺、自分で仕掛けた罠《わな》に自分で引っかかって、すっ転んだんだよ。こんなふうに」

唯人は実際に転ぶポーズをみせ、そのときの状況を再現した。

「バナナの皮ってマジで滑るから、みんなも気をつけろよ」

「あははっ、なにそれ。ちょーウケるんだけど！」

「唯人って本当バカだよな」

沙恵ちゃんと和也くんが、唯人の顔を指差しながら笑う。

「なんでこんなバカが、クラスで一番頭のいい凛々子と付き合ってるのかわからない」

「本当、それ」

「ちょっ、カズも沙恵も、今日はいつにも増してひどいな。俺、ちょー傷ついたんですけどぉ」

唯人はすねたように唇をとがらせた。すると智ちゃんがすかさず「唯人くんがバカなのは、本当のことじゃん」と、辛辣《しんらつ》なひとことを投げかける。

「修学旅行で東京に行くのに、なにが『俺は鹿公園で鹿にせんべいあげたい』よ」

「違う、違う。あれは鹿公園と『ポニー公園』を間違えたの。ポニー公園で馬をなでたり、えさやりしてみたいなぁと思って」

「唯人くん、馬と鹿の区別がつかない人のことをなんて言うか知ってる？」

「……馬鹿《ばか》？」

首をかしげて言った唯人に、智ちゃんたちは身体をよじって笑い転げた。私もつい吹き出してしまう。周りで話を聞いていたクラスメイトたちもいっせいに笑い崩れ、教室全体が振動するような笑い声が響き渡る。

楽しすぎて、このままずっとこの昼休みの教室に閉じこもっていたいと思った。もしもみんなと一緒にいられるのなら、永遠にここから出られなくてもいい……。

けれどいくらそう願ったところで、私が見ているものはすべて現実であるのと同時に、かりそめで。永遠には、続かない。

「あっ、そろそろ昼休み終わるね」

智ちゃんが時計を見上げながら何気なくつぶやくと、唯人が「あーあ」と残念そうな顔をした。

「このままずーっと昼休みが終わらなきゃいいのに」

みんなも口々に「本当、本当」と言い始めた。だれよりもそう強く願っているのが、私だということも知らずに。

唯人は椅子の背にもたれかかり、両手を大きく広げて天井を仰いだ。

「昼休みが一番好きな人ー？」

その質問に、クラス全員がいっせいに挙手する。私の右手も自然に上がっていた。

「ははっ、だよなー」

「昼休み最高！」

「こんな楽しい時間、他にないよね」

そのときだった。突然、ひとつの仮説が夢物語のように頭の中に浮かんだ。もしかして私が〝昼休みの教室〟にタイムリープする理由って——。

「ねぇ」

私は椅子から立ち上がり、みんなの顔を見渡した。

「もしも将来、大人になって一度だけ過去に戻れるとしたら、みんなはどの時間にタイムリープしたい？」

「そりゃあもちろん……」

みんなは私の周りに円陣を組むように集まってくると、手を取り合い「せーの」と声をそろえた。

「高校の昼休みでしょ！」

——キーンコーンカーンコーン……。

柔らかなチャイムの音が空気を震わせた。教室内が白い光に包まれ、みんなの姿が光の中に溶けていく。

そうか。だから私は昼休みの教室にタイムリープするんだ。みんなが一番好きだった時間に。私が一番笑顔になれた場所に。

もしかすると天国にいるみんなが、この旧校舎が取り壊される前に、私に笑顔を思い出させようと力を合わせたのかもしれない。

それは私の勝手な想像であり、真実はわからない。だけど、私の仮説が合っているか間違っているかなんて、きっとどうでもいいこと。

みんなのおかげで、私がこうして笑顔を取り戻せたことは、まぎれもない事実なのだから。


「リリは？」と唯人が尋ねた。

「もし一度だけ戻れるなら、どの時間に戻りたい？」

「私も――」

自分の声が急速に遠ざかっていく。私は息を吸い込み、押し寄せる静寂に負けないくらい大きな声で叫んだ。

「――みんながいるお昼休みがいい！」

ぐっ、と背中を強い引力のようなもので引っ張られた。身体が白い光の中にどんどん吸い込まれていく。

＊　＊　＊

「――凛々子さん」

だれかに後ろから腕をつかまれて、はっと振り返った。そこには鼻筋の通った端正な顔があった。

「信広さん……？」

正常な思考が戻ってくるまでに、少し時間を要した。信広さんはぼんやりしている私の肩に手を添え、「おかえりなさい」とささやいた。そこでようやく自分が過去の世界から帰ってきたのだと認識する。

「凛々子さん、大丈夫？」

教室の外にいた松下先生が早足でこちらに近づいてくる。

「はい、大丈夫です」

そう答えた自分の顔が輝いているのがわかった。

みんなの思いを受け取ったからかな。見えない鎖から解き放たれたような感覚が全身を満たしている。心が軽い。

「よかったわ。本当に大丈夫そうね」

先生はほっと小さく息を吐いた。

「それじゃあ私は職員室に戻るから、ふたりは好きなだけゆっくりしていって」

「ありがとうございます」

先生は会釈を残して、そのまま教室を出ていった。私は扉のほうに向けていた視線を信広さんに戻す。

今まで梢田高校の仲間は唯人たちだけだと思っていたけど、学年が違うだけで、この人も私と同じ教室に通い、同じ風景を目にしてきたんだ。そう思うと、改めて目の前の彼に対して強い親しみを覚えた。

「信広さんは高校生のとき、どんな生徒だったんですか？」

「えっ？　俺ですか？」

自分の顔を人差し指で差しながら、信広さんは目をパチパチさせる。

「はい。知りたいなぁって思って」

「ははっ、聞いてもつまらないと思いますよ」

「つまらなくなんてないですよ。ぜひ聞かせてください」

私がそうお願いすると、信広さんはちょっと照れたように笑った。

「それじゃあ……」

私たちはどちらからともなく机に歩み寄り、向かい合って座る。そしてお互いの高校時代の思い出話を語り始めた。

元旦にクラス全員で学校に集まって初日の出を見たことや、ホースで水をかけ合って遊んだプール掃除の時間。他にもこんなことがあった。あんなことがあった。あの先生はあぁだった、こうだった……と。

真夏の日差しが燦々と差し込む教室の中で、私たちは顔を見合わせては、何度も笑い合う。ふたりの笑い声は混ざり合ってひとつになり、窓の外で鳴いている蝉の声の中に溶けていった。

「よかったら明日は一緒に学校へ行きませんか？」

信広さんは両肘を机の上に乗せ、微笑みながらそう提案した。

「一緒に？」

「はい。凛々子さんの家まで車で迎えに行きます」

一緒に学校、という響きが嬉しかった。

みんなが生きていた頃は、よくいろんな場所で待ち合わせして一緒に登校した。唯人なんてほぼ毎朝、わざわざ二キロの道のりを自転車を漕《こ》いで私の家まで迎えに来てくれた。車が通らない未舗装の道を並んで走ったあの日々が懐かしい。

「じゃあお願いします」

「わかりました。時間は何時にしますか？」

「何時でもいいですよ」

「そうしたら……」

私を見つめる瞳が、優しく細められる。

「今日と同じ、十時くらいがいいかな」

「はい。それではまた明日、十時に」

私と信広さんは裏門のところまで一緒に行き、そこで手を振って別れた。

帰り道、私はいつもより遠回りした。

駐車場が無駄に広いコンビニ、長い石段がある神社の前、年季の入ったブランコと滑り台しか置かれていない小さな公園……。

みんなとよく待ち合わせに使っていた場所をひとつひとつ巡っていると、あの頃の楽しかった記憶がよみがえってきて、胸の底を熱くする。

みんなはもう、ここにはいない。旧校舎もまもなく取り壊されてしまう。

けれど私が大好きなこの梢田町には、みんなとの思い出がまだまだたくさん残っている。

目の前に広がっているのは、いつもと変わらない見慣れた田園風景。その景色が、このときの私の目にはなにもかもが懐かしく、特別で、キラキラと輝いて映っていた。

やがて上り坂にさしかかり、自転車が減速しかけたけれど、見えないみんなの手が背中を押すのを感じる。

私はハンドルを握り直し、ぐんとスピードを上げて、一気に坂道を駆け上った。

第十章　昼休みが終わる前に。

次の日の朝、目覚ましのアラームが鳴る前に目が覚めた。スマホに手を伸ばし、時間を確認する。

午前五時四十七分。隣の部屋で寝ている両親が起き出してくる気配はまだなく、静寂が家を包んでいる。

信広さんが迎えに来るまで、あと四時間近くある。もうひと眠りしようという気にはなれなかったので、私はベッドから降り部屋のカーテンを静かに開けた。まだ六時前なのに、空はすでに明るい。

大きな伸びをひとつしてからサイドテーブルの上のスマホを手に取り、メッセージアプリを開いた。そこには新しく【松下信広】の名前が追加されている。

【少し遅くなりましたが、夏祭りのときの写真です。よかったらどうぞ】

信広さんから送られてきた画像を開けると、浴衣姿の私たちが寄り添うように映っていた。ぎこちない表情をしている私とは対照的に、信広さんはとても柔らかく微笑んでいる。

この写真を眺めていると、心が温かくなってくる。元気が出て、気持ちが前を向く。

今度、コンビニでプリントアウトしてきて、みんなのプレゼントと一緒に部屋に飾ろう。写真の中で微笑む信広さんを見つめながら、そう決めた。

下りる。

午前十時。窓の外で車の音がした。私はショルダーバッグを肩にかけ、階段を駆け
玄関でサンダルを履いていると、ドアの向こうに人の気配が感じられた。ドアスコープから外をのぞいてみれば、信広さんがインターホンに手を伸ばそうとしているところだった。私が勢いよく玄関のドアを開け放ったのと同時に、家のチャイムが鳴る。

紺色のポロシャツに白いジーンズをはいた信広さんは、ちょっと驚いたような顔をしてから、「おはようございます」と笑った。私もにこっと微笑み返す。

「おはようございます。わざわざ迎えに来てくださってありがとうございます」

「いえいえ。昨日はよく眠れましたか？」

「はい、眠れました」

言いながら、私は後ろ手に玄関のドアを閉めた。

「信広さんは？」

「俺は寝る前にちょっとだけ本を読もうと思ったら、結局止まらなくて、気がついたら外が明るくなってました」

「それって、昨日読んでた本ですか？　魔王が勇者を倒しに行くっていう……」

「凛々子さん、逆です。〝勇者〟が〝魔王〟を倒しに行くお話です」

晴れ渡った朝空の下で、ふたりの笑い声が弾けた。そこに、辺りの草木を揺らして

通り過ぎる風の音が重なる。

私たちはそのまま玄関先で少し立ち話をしてから、信広さんの運転する車に乗って学校に向かった。

自転車だと十五分以上かかる道のりも、車だとあっというまだった。玄関のベルを鳴らすと、松下先生がスリッパの音を立てながら現れた。

「凛々子さん、おはようございます」

「おはよう」

「いよいよ明日だけど……大丈夫そう？」

「はい」と答えたものの、深刻そうな表情を浮かべる先生に、こちらの表情もちょっ
と固くなってしまう。

明日は旧校舎取り壊しの日であり、修学旅行の日でもある。すなわちみんなと会え
るのは、今日で最後……。

「ねぇ、母さん。旧校舎の鍵、貸してくれない？」

重くなりかけた空気を振り払うようにして、信広さんが明るい声で切り出す。

「今日は俺に任せて、母さんは仕事しててよ」

「ふたりだけで大丈夫なの？」

「うん、大丈夫」

「そう……。じゃあ、これ」

先生は持っていた旧校舎の鍵を、信広さんに手渡した。

「ありがとう。ちょっと行ってくるね」

「いってらっしゃい。なにかあったらすぐ電話して。駆けつけるから」

先生は眉を寄せた顔を、私と信広さんに交互に向ける。

「ははっ、母さんは本当、昔から心配性なんだから。俺たち、旧校舎を見に行くだけだよ。なにも起きやしないよ」

「でも……」

「さっ、凛々子さん、行きましょう」

信広さんが私の肩に手をかける。私は先生に軽く会釈をし、信広さんに促されるままに玄関を出た。

私たちはまっすぐ二年一組に向かい、教室の前で足をそろえて立ち止まった。

この向こう側には、明日命を落としてしまうことなど知らずに、いつもと変わらないにぎやかな昼休みを過ごしているみんながいる。それを実感して、急に怖くなった。

膝が震え、地面に触れている足の裏の感覚がなくなっていく。

信広さんはそんな私の背中に手を置き、唇を引き結んでうなずいた。『大丈夫だよ』

と言ってくれているようで、心強さを感じる。

そうだ。今の私はひとりじゃない。そう思ったら、それまで感じていた恐怖心がどこかへ吹き飛んでいった。

……行こう。

信広さんに笑顔でうなずき返し、右足を一歩前に踏み出す。

──キーンコーンカーンコーン……。

チャイムの音が聞こえ、私は静かに目を閉じた。まぶたの向こうで、徐々に強くなる光。足元が激しく揺れ、身体がぐるっと三六〇度回転するような感覚に襲われた。

＊　＊　＊

光がおさまり、ゆっくりと目を開ける。視界の先に現れたのは、穏やかな日差しに揺れる二年一組の昼休みの光景だった。

みんながそこにいる。唯人も、智ちゃんも、沙恵ちゃんも、和也くんも、そこにいるのが当然のことのように。

今日が何月何日なのか、確認しなきゃ。私はごくりと唾を飲み込んでから、意を決して時間割表に書いてある日付に目を向けた。

【十月二十四日　水曜日】

そう。これが現実。わかっていたはずなのに……これで本当に最後なのだと思うと、ひしひしと迫ってくるような寂しさに襲われ、胸が詰まる。

「凛々子ちゃーん」

声がしたほうに、ぱっと顔を向けた。智ちゃんの周りにクラス全員が集まっていて、修学旅行のしおりを手に、明日のことを楽しそうに話している。

「リリもこっちおいでーっ！」

唯人は右手を高く上げ、私に向かって手招きをした。その薬指にはめられた指輪が銀色に光っている。

歩き出そうとしたけれど、足がうまく動かなかった。私はその場に突っ立ったまま、込み上げてくる涙と懸命に戦う。

みんなはすぐそこにいる。手を伸ばせば触れられる。声を発すれば届く。けれどこのほんの数メートルが、みんなと自分の間にある途方もない距離のように感じられた。

変えられない過去に対して、もう悔しさや絶望感はない。ただひとつだけ、心残りがある。それを今日、ここで果たしたい。

「リリ、どうしたの？」

その場から一歩も動こうとしない私を見て、唯人がこちらに駆け寄ってくる。私は大きく息を吸い、教室にいる全員に聞こえるように「あのね」と言った。

「私、みんなとお別れしないといけないみたい」

「えっ……？」

「お別れってなに？」

「どういうこと？」

唐突なお別れという言葉に、他のみんなも私の周りにざわざわと集まり出した。

これでようやくできる。あのときできなかった『さようなら』を。

「私ね、遠くに引っ越すの」

「引っ越す……？」

唯人の顔から、すっと笑顔が消えた。

「それ、冗談だよね？」

「冗談じゃないよ」

私はぎゅっと拳を握りしめる。

「昼休みが終わったら、すぐに行かないといけないの」

「昼休みが終わったら……？　ちょっと待って。全然話についていけない。俺たちさっき、明日の修学旅行楽しみだねって話してたよね？」

唯人の顔が泣きそうにゆがむ。胸が苦しくなって、私は目を逸らした。

「楽しみにしてたのは本当だよ。だけどね、行けないの。明日はもう、ないの」

「意味がわからないよ。なんでそんな突然……」

「そうだよ。突然すぎるんだよ」

つい怒ったような口調になってしまった。目の縁がカッと熱くなる。

だって……だって……明日もあさってもその先も、ずっと一緒にいられると思っていたのに。みんなは突然……本当に突然、いなくなってしまった。二度と会えない場所へ、私をひとり置いて行ってしまった。

すると智ちゃんが、これまで見たことがないくらい憔悴《しょうすい》した顔で私の腕をつかんだ。

「引っ越すってどこに？」

「すごく遠く」

「すごく遠く……？　まさか海外？」

海外より遥かに遠い場所……あなたたちのいない、五年後の未来だよ。そう白状したくなるのをこらえながら、私は顎を引いた。

「嘘でしょ。凛々子ちゃん、海外に行っちゃうんだって」

「そんなー！」

「マジかよ」

いちだんと騒がしくなる教室。智ちゃんは顔をしかめ、私の腕を強く揺すった。

「いきなり海外に引っ越します、なんて言われても、私、納得できないよ！　お願い、凛々子ちゃん。ちゃんと事情を説明して。いつから決まってたの？」

「ついさっき、急に決まったんだ。家庭の複雑な事情で詳細は話せないんだけど……」

私が曖昧に言葉を濁すと、今度は沙恵ちゃんが「嫌だっ！」と甲高い声を張り上げた。

「家庭の事情とか、そんなの知らない。凛々子、もう転校しないって言ってたじゃん。私たちと一緒に梢田高校を卒業するんでしょ？」

「私だってみんなと一緒に高校を卒業したかったよ。でもどんなに願っても、それはできないんだよ……」

「そんなの認めない。凛々子と離れるなんて、絶対に嫌！」

沙恵ちゃんはダンッと足を鳴らし、怒ったような顔で私の前に立つ。

「やめろ、沙恵」

和也くんが後ろから沙恵ちゃんの肩をつかんだ。

「こんな急に引っ越しが決まるなんて、相当大変な事情があるんだよ。察しろよ」

「なにが『察しろ』よ！　そう簡単に受け止められるはずないでしょ！　和也は悲しくないの？」

「悲しいに決まってるだろ！」

「だったらなんでそんな平気な顔していられるの？　カッコつけちゃってバカみたい！」

沙恵ちゃんと和也くんが喧嘩を始めた。仲よしなふたりがこんなふうに激しく言い合っているところを見るのは初めてで、どうすればいいのか戸惑ってしまう。

ふたりの口喧嘩はエスカレートする一方で、収拾がつかなくなり始めた、そのとき。

「もう、それくらいにしておこう」

唯人がふたりの間に入り、静かな声でたしなめた。

「お前らの気持ちはわかる。こんなのつらすぎるよな。嫌だよな。受け止められないよな。だけどさ、今、一番つらいのはリリだと思うんだ」

その言葉に、沙恵ちゃんがわっと声を上げて泣き出した。和也くんは喉を震わせながら天井を見上げた。智ちゃんの目に涙がにじみ、その水滴は幾筋もの線となって頬を流れていく。

高校二年生の子供たちにとって、きっと〝海外〟というところは、想像もつかないほど遠い場所なんだろう。それこそ、永遠の別れを意味するほどに。

だけどね、たとえ地球の裏側にいたとしても、お互いに生きてさえいれば、またいつか会えるんだよ。生きてさえいれば……。

込み上げてくる涙を、懸命に押し戻そうとした。けれど、できなかった。

私の目から涙が流れ出すと、それはまるで連鎖するように広がっていき、教室の中はしゃっくりのような嗚咽と、グズグズと鼻をすする音に満たされた。

時間がない。泣いていないで、ちゃんと伝えなきゃ。私からみんなへの、最後の言葉を。昼休みが終わる前に。

「智ちゃん」

呼びかけると、智ちゃんは目の中いっぱいに涙を浮かべながら私を見上げた。噛みしめた唇の隙間から嗚咽が漏れている。

「私たち、図書館でよく一緒に勉強したよね。智ちゃんが用意してくれた過去問を一緒に解いて、答え合わせして、時にはどっちのほうがいい点数を取れるか……なんて競い合ったりもして。梢田高校にやってくるまでは、放課後に私と遊んでくれる友達はひとりもいなかったどころか、一緒に休み時間を過ごしてくれる人さえいなかった。だから私はひとりでできるものを探したの。そして見つけたのが勉強だった。今まで私にとって勉強は、孤独をまぎらわすための手段でしかなかった。でも智ちゃんはそんな私に、友達と一緒に勉強することの楽しさを教えてくれた。智ちゃんのおかげで、ただ退屈でしかなかった学校の授業が大好きになった。ありがとう」

「うぅ……凛々子ちゃん……」

智ちゃんはハンカチで口を覆い、大きく肩を波打たせた。私は目尻から伝い落ちる涙を手のひらで拭きながら、沙恵ちゃんの方に向き直る。

「沙恵ちゃん」

名前を呼ぶと、沙恵ちゃんは伏せていた顔をゆっくりと上げ、額にかかった前髪を指先で払った。涙でアイラインが流れて、目の周りが黒くなっている。

「おしゃれに無頓着だった私に、ファッションやメイクを一から全部教えてくれたよね。隣町へショッピングに出かけたときは、一日中親身になって私のお買い物に付き合ってくれた。沙恵ちゃんはいっぱいお洋服を持ってて、私がおうちに遊びに行くと、よくふたりでファッションショーをして遊んだよね。次のデートにはどういうコーデで行こうかって、時間を忘れていろんな服を着回したりして、すごく楽しかった。沙恵ちゃんのおかげで、女の子に生まれてよかったって思える瞬間が増えたの。ありがとう」

「凛々子ぉ……」

嗚咽にまみれ激しく咳き込む沙恵ちゃんの背中を、和也くんが優しくさすった。沙恵ちゃんの両目からあふれた大粒の涙が、床の上にぽとぽとと滴り落ちる。

「和也くん」

次に和也くんの名前を呼ぶと、彼は沙恵ちゃんの背中をさすっていた手を止め、潤んだ瞳を私に向けた。

「一時期、学校に毎日持ってくるくらいギターにハマっていたよね。沙恵ちゃんに、放課後はバイトで忙しい自分の代わりに和也くんの歌を聴いてあげてって頼まれて、何度か練習に付き合ったことがあったでしょ？　そのとき和也くんが沙恵ちゃんのために作ったラブソングを、なぜか私も一緒になって熱唱したよね。『LOVE《ラブ》☆SAE《サエ》』ってちょっとふざけた感じの曲名なのに、心に沁みるような温かい曲だった。和也くんのおかげで、友達と一緒に歌うことの楽しさを知ることができた。あの歌、私も大好きで、今でも歌えるよ」

　そう言って、私は曲のワンフレーズだけ歌ってみせた。すると和也くんはしゃっくりを上げ、濡れた目を手の甲で乱暴に拭うと、またひとつしゃくりを上げた。そしてそのまま沙恵ちゃんの肩に顔をうずめ、堰を切ったように声を上げて泣き出した。

「次は……」

　共に笑い、共に悩み、共に泣いた、かけがえのない友達。もう五年も前のことなのに、ここにいる全員との思い出を、つい昨日の出来事のように話すことができる。

「……最後に、唯人」

　私は唯人の前に立ち、愛おしさで胸いっぱいになりながら、その甘く整った顔を見上げた。唯人は大きな二重まぶたの目を細め、唇の端を軽く上げて私を見つめ返す。微笑んでいるのに、その目には涙が光っている。

「レンゲ畑を思いっきり駆け回ったり、砂浜に寝転がって波の音を聴きながら星空を見上げたり、川に蛍を見に行ったり。生まれたときからずっと都会暮らしで、自然とは無縁だった私にとって、唯人が見せてくれた世界はとても新鮮だった。唯人のおかげで、梢田町がもっともっと好きになった。唯人と一緒に学校の裏山に登って、頂上から眺めたこの校舎と美しい町の景色を、私は一生忘れない。ありがとう」

唯人は微笑み続けているけれど、その頬には透明な雫がとめどなく流れている。

他にもまだ伝えたいこと、話したいことはいっぱいあるのに、多すぎて言葉にならない。代わりに熱い涙があとからあとからあふれ出してくる。

私は目の前の仲間たちをひとりひとり抱き寄せていった。そのぬくもりを肌に刻み込むように。その存在を確かめるように。強く、強く抱きしめる。

あなたたちと出会わなければ、こんな悲しい別れなど体験せずに済んだでしょう。

だけど出会わなければ、こんなにも温かい感情を知ることもなかった。

私は、あなたたちと出会えて本当によかった。

私に数えきれないほどたくさんの笑顔をくれてありがとう。かけがえのない時間をありがとう。悲しみを塗り替えてしまうほどに明るく、輝かしい思い出をありがとう。

私との別れをこんなにも惜しんで、泣いてくれてありがとう。

今まで何度も転校を繰り返してきたけれど、こうして私のために泣いてくれたのは、あなたたちが初めてだよ。

ありがとう……ありがとう、みんな……。

あなたたちとここで過ごした時間は、決して色あせない。この先二度と会うことはないけれど、それでもあなたたちは私にとって、これからもずっと大切な仲間。ずっと、ずっと、私の心の中で生き続けるから。

昼休みが終わるまであと何分なのか。残り五分を切っているかもしれないし、まだ一時間近くあるかもしれない。でも時計は見たくなかった。今、目の前にいるこの人たちだけを、見つめていたい。

「ねぇ、リリ」

唯人が私の腕を握った。長いまつげに縁取られたアーモンド型の目が、私を切なく包む。

「本当に行っちゃうの？」

「……うん」

「どこの国？　アメリカ？　イギリス？」

咄嗟に日本から一番遠い国の名前を口にしようとしたけれど、なぜか心がそれを拒んだ。私はゆるゆると頭を振る。

「私もよくわからない。聞いたことのない国の名前だったから」

「飛行機で何時間くらい？」

「丸一日乗ってても着かないくらい」

　みんながはっと息を呑む音がした。

「そんなに遠いのか……。連絡は取れる？」

「たぶん難しいと思う」

「マジか……」

　唯人の表情が暗く沈む。

「行かずにここに残るっていうことはできないの？」

「できないみたい」

「行くしかないんだね」

「うん」

　私が唇を噛みしめながらうなずくと、唯人は私から手を離し、額を押さえた。

「それにしても急だなぁ。昼休みが終わったらすぐに行かないといけないだなんて。俺、どうしたらいいか、わかんないや」

「唯人……」

「俺が一人前の大人だったら、今、この場でリリを引き止めるんだけどな。俺はまだまだひとりじゃなにもできないガキだから、『行くな』のひとことが言えない。リリが一番大変なときに、そばにいてあげられない。でも……」

唯人は伏せていた顔を上げ、まっすぐ私を見下ろす。

「リリがどんなに遠くに行ったとしても、しばらく連絡が取れなくなったとしても、俺がリリのことを大好きだって気持ちは絶対に変わらないから。だから……」

泣きながら無理に笑おうとするから、端正な顔がくしゃくしゃになってしまっている。

私は指輪の光る右手を伸ばし、その濡れた頬にそっと触れた。

今の言葉を聞けただけで、もう十分だよ。ありがとう、唯人。こんな私を最後の最後まで大好きだと言ってくれて。私も唯人のことが大好きだよ。

今まで何百回、何千回と触れたこの愛おしいぬくもりも、これで本当に最後。だけどそこに悲しみや未練は生まれなかった。ただただ優しい気持ちで満たされている。

私たちは流れ落ちる涙を拭うことも忘れて、お互いを見つめ合った。言葉はなかった。なにひとつ。

沈黙が落ち、無慈悲に時を刻む秒針の音だけが教室に満ちる。その音に吸い寄せられるようにして、みんなの視線が壁掛け時計に向けられた。私の視線も動く。

潤んだ視界の中で、時計の針が十二時五十七分を指しているのが見えた。

私は笑顔を作り、みんなと向き合った。ひとりひとりの顔を、しっかりと目に焼きつける。

「私、みんなと一緒にいた時間が、人生で一番楽しかった。くだらない冗談に腹を抱えて笑い合ってるあの時間が、大好きだった。みんな、今までありがとう。私が今、こんなふうに笑顔でいられるのは、みんなが別れの悲しさよりも出会いの素晴らしさを教えてくれたからだよ。本当にありがとう」

「凛々子ちゃん……」

智ちゃんはかけていた眼鏡を外し、ハンカチで涙を拭った。

「あまりにも突然すぎて、なんて言ったらいいかわからないけど、離れ離れになっても、凛々子ちゃんはずっと私たちの仲間だからね」

沙恵ちゃんと和也くんも、私の傍らで力強くうなずく。

「急に知らない国に行かなきゃいけなくなって不安でいっぱいだと思うけど、凛々子はひとりじゃないからね」

「そうだよ。物理的な距離は遠いけど、俺らの心はいつでも凛々子のそばにいるから」

「リリ」

唯人は私の両手を取り、そっと自分のほうへ引き寄せた。

「俺、リリの太陽になってみせるから。どんなに遠くからだって、ずっとリリのこと照らし続けるから」

その言葉に対して、智ちゃんが「クサッ」と笑った。

「なにが〝リリの太陽〟よ。今のセリフ、どこのB級ドラマから盗んできたの？　クサすぎて鳥肌立ったんだけど」

智ちゃんのひとことに、それまで張り詰めていた空気がふっとゆるみ、みんなの笑い声がいっせいに弾けた。私も一緒に笑った。その声に重なるようにして、チャイムが鳴り始める。頭上からまばゆい光が降り注ぎ、視界が白く染まっていく。

「お迎えが来たみたい。そろそろ行かなくちゃ」

私は両手を胸の前でぐっと組み合わせ、涙で濡れた頬にとびっきりの笑顔を浮かべてみんなを見た。

「さようなら、みんな」

自分の声が届いたかどうかはわからない。

だけど言えた。これでようやく、みんなとちゃんとお別れができた。

バイバイ、みんな……。みんなと出会えたことは、この先一生の宝物だよ。みんなを未来へ連れていくことはできないけれど、ここでの思い出を全部、ひとつ残らず持っていくから。

「……らも……ずっと……だから――」

深い静寂の底に沈んでいき、やがて私に向かってなにか言っているみんなの声も、鳴り渡っているチャイムの音も、なにも聞こえなくなった。

その音も感覚もない真っ白な世界の中で、最後の最後までみんなが私を包み込むように抱きしめているのが見えた。

＊＊＊

しんとした耳の奥で、蝉の声が寄せては返す波のように遠くなったり近くなったりしながら響いてくる。無感覚だった肌に、だれかの手のぬくもりを感じる。

目を開けると、すぐそこに信広さんの顔があった。私の腕を支えてくれている。

私は教室の中に視線を転じた。みんなの姿はなく、いつものように空っぽの机が整列しているだけだった。

「お別れ、できたんですね」

信広さんは私の腕から手を離し、切れ長の目を柔らかく細めた。微笑んでいるのか、泣いているのか、わからないような表情だった。

「えっ……どうしてそれを……」

「凛々子さん、すごく晴れやかな笑顔で『さようなら、みんな』って、言ってましたから」

信広さんの言葉に、胸に熱い塊が突き上げてきた。目の前にあるものにすがりたくなり、信広さんの胸に飛び込む。

彼は私を両腕に抱きとめ、まるで壊れ物でも扱うようにそっと背中をさすった。

背中から伝わってくるのは、唯人とは違う優しさを持った手のひら。その手のひらを通して、信広さんのぬくもりが全身に染み渡ってくるようだった。

すごく安心する。このままこの人の腕の中で眠ってしまいたいくらい……。

私は静かにまぶたを下ろした。閉じた目から、悲しみとは違う温かい涙が、ひと筋の線となってゆっくりと頬を流れ落ちていった。

最終章　未来の兆し

七月三十一日。午前六時半。

街路樹が路面一面に明るい木もれ日を落としていて、その中を信広さんの運転する車が走っていた。助手席に私、後部座席に松下先生が座っている。

私は上半身をひねり、信広さんと先生の顔を交互に見た。

「おふたりとも、ありがとうございます。私のためにこんな朝早くから……」

「いえ」

ふたりは同時に首を振り、目尻を下げて微笑んだ。どこかはかなげな感じのする微笑み方がそっくりで、あぁ、やっぱり親子なんだな、と改めて思う。

続く言葉を待ったけれど、ふたりはそのまま口を閉ざしてなにも言わなかった。私も黙って前に向き直り、窓の外を流れる景色を目で追いかける。

本来なら今日から旧校舎への立ち入りが禁止されるところを、松下先生が昨日校長先生に、取り壊し作業が始まる前に少しだけ校舎の中に入らせてほしい、と頼みに行ってくれた。おかげで特別に許可が下り、今日最後にもう一度だけ、あの教室に入れることになった。

タイムリープした先に、おそらくみんなはいないだろう。それでも構わない。私はただあの教室――再びみんなに会わせてくれた二年一組の教室に、最後に『ありがとう』と『さようなら』が言いたい。それができれば、もう十分だった。

先生は校舎の玄関の鍵を開けると、「ふたりとも、ちょっとここで待っててくれる？」と言い残し、早足で職員室のほうへと歩いていった。私たち三人以外、まだだれも来ていないのか校内の電気は消えていて、朝なのに薄暗い。

先生の足音が聞こえなくなると、沈黙が訪れた。

私は肩越しにそっと後ろを振り返った。信広さんは玄関脇の壁に寄りかかりながら、指輪がなくなった自分の薬指をじっと眺めている。玄関の向こうは明るい光に満ち、逆光のせいで信広さんがどんな表情をしているのかわからない。

――昨日あのあと、信広さんは涙を落とし続ける私の目元を優しくハンカチで拭いながら、「俺もお別れしに行かなきゃ」とつぶやいた。

「俺と彼女が出会ったのは東京の大学ですけど、彼女の実家は隣の県で、ここから車で一時間半ほど行ったところにあるんです。実は彼女が亡くなってから一度も墓参りに行けてなくて……。だけど、凜々子さんの姿を見ていたら、俺も逃げてばかりじゃなくて、ちゃんと現実と向き合わなきゃって思えたんです」

ささやくような声だったけれど、その目には決然とした光が宿っている。信広さんは呼吸を整えるように間を置いてから続けた。

「凜々子さん、俺と一緒に行ってくれませんか」

自分の胸に、なにか強い感情が湧き上がってくるのを感じた。

信広さんがしてくれたように、今度は私が彼に寄り添いたい。気の利いた励ましの言葉は、なにもかけてあげられないかもしれない。それでも私が隣にいることで、少しでも信広さんの力になるなら、喜んで一緒に行きたい。

私は唇をぎゅっと噛みしめ、彼の目を見つめ返しながら大きくひとつうなずいた。


やってきたのは、静かな自然に囲まれた小さな霊園だった。日当たりがよく、透明な日差しが立ち並ぶ暮石に反射して白く光っている。

「あっ、ここだ……」

信広さんは美しいリンドウの花が添えられたお墓の前で、ふと立ち止まった。私も足を止め、その横に並んで立つ。

「来るのが遅くなっちゃってごめんね」

信広さんは亡き恋人に優しい声でそう話しかけると、花筒《はなづつ》に水を満たし、持ってきた真っ白な菊の花を差した。そして手を合わせ、静かに目を閉じた。私も姿勢を正し、彼の隣で手を合わせる。

そのまま長い時間が過ぎた。少し風が出てきて、さわさわと木の葉の擦れ合う音が霊園を包み込む。

信広さんは今、なにを思っているのだろう。優しい彼のことだから、今までいっぱい自分を責めてきたに違いない。つらかったよね。苦しかったよね。

信広さんの彼女のことは、ほとんどなにも知らないけれど、これだけはわかる。彼女は絶対、信広さんのせいで死んだんじゃない。彼女はきっと今でも信広さんのことを大事に想っていて、彼が幸せになることをだれよりも強く望んでいるはず。

だけどそれを、彼女の口から直接信広さんに伝えてあげることはもうできない。その現実がもどかしくてたまらない。

私は喉元まで込み上げてくる切ない思いでいっぱいになりながら、熱心に手を合わせ続ける信広さんの横顔を見つめていた。その横顔には絶えず涙が伝い、それは穏やかな陽光の中でキラキラと光りながら頬を流れ落ちていく。

やがて信広さんは右手にはめていた指輪を外し、そっとお墓に置いた。そして再び墓石に向き直ると、大きく息を吸った。

「さようなら、ゆかり――」

どこか遠くのほうで、甲高いヒヨドリの鳴き声がした。それが合図だったかのように、辺りの木々から鳥たちがいっせいに夏の空に向かって羽ばたいていった――。

ほどなくして、廊下の奥からスリッパの音が聞こえてきた。松下先生は急ぎ足で玄関に戻ってくると、私に旧校舎の鍵を手渡した。

「はい、どうぞ。ふたりで行ってきて」

「先生は？」

「職員室にいるわ。私が心配して付き添わなくても、凜々子さんはもう大丈夫だと思うから」

「ありがとうございます」

私は先生から鍵を受け取り、手の中に握りしめた。

「それじゃあ、いってきます」

「いってらっしゃい」

私が歩き出すと、信広さんも歩調を合わせてついてきた。新校舎の玄関を出て、旧校舎に向かう。

信広さんは相変わらず黙ったまま。なにか深く考え込んでいるみたいだけど、なにについて考えているのかまでは読み取れなかった。

旧校舎の裏口の鍵を開けて中に入り、階段を上っていく。校舎の中は静まり返っていて、外で鳴いている蝉の声と、私たちの靴音以外はなにも聞こえない。

私は二年一組の前で立ち止まり、カバンの中から何枚か新聞のコピーを取り出した。

その新聞記事には、五年前の十月二十五日に、梢田高校の生徒たちを乗せたマイクロバスが高速道路で大事故に巻き込まれ、乗員乗客全員死亡した、という内容が淡々と綴《つづ》られている。

もしかしたら最後の最後に奇跡が起こって、過去が変わるかもしれない……そんな期待をしているわけではなかった。私はただ、過去は変わらないのだということを、この目に焼きつけたかった。

隣に立つ信広さんを見上げると、彼はすっと目を細めただけでなにも言わなかった。

行こう。お別れを告げに。

私は前を向き、新聞記事を胸に抱えながら、大きく一歩踏み出した。


「……」

あぁ、本当に終わったんだ。

教室の中に入っても、チャイムの音は聞こえてこない。時計も光らない。

……タイムリープは、起こらなかった。

だけど不思議と、もう一度試してみようという気持ちにはならなかった。自分でも驚くほど心の中は平穏で、さざ波ひとつ立たない。

七月最後の朝日が窓という窓を通り抜けて、教室に並ぶ空っぽの机を照らしている。

窓の向こうに広がっているのは、五年前の景色ではなく、まぎれもなく現在の景色だった。

私は窓辺に歩み寄り、澄み渡った青空に輝く太陽に右手をかざした。夏のまばゆい日差しを受けて、指輪がほとばしるようなきらめきを放つ。

空の上から唯人が――〝私の太陽〟が、照らしてくれているような気がした。

唯人だけじゃない。智ちゃんも、沙恵ちゃんも、和也くんも。みんな、私のことを空の上から温かく見守ってくれている。みんなの存在が、弱い私を強くしてくれる。ひとりじゃないって思わせてくれる。

目を閉じると、窓から降り注ぐ柔らかな光が、私を抱きしめる大きな腕のように感じられた。

みんなとの別れは途方もなく悲しく、つらいものだった。だけどそれ以上に、みんなは私に今を生きていることの素晴らしさを教えてくれた。旧校舎はまもなく取り壊されてしまうけれど、私は失った笑顔を取り戻すことができた。

かけがえのない思い出をたくさんくれたこの校舎に、教室に、『ありがとう』って伝えたい。

そして、これで本当の本当に、さようなら――。

私は窓を開け放ち、手の中の新聞記事をビリビリと破った。細かく千切《ちぎ》った紙を宙に放つと、それはまるで白い雪のようにハラハラと舞い落ちていった。

「凛々子さん」

低く澄んだ声が鼓膜を震わせる。私は両手を静かに下ろし、後ろを振り返った。

「俺たちは過去に大切なものを失ってしまったけれど、その大切なものをこれからまたひとつずつ、拾い集めていけたらいいですね」

信広さんの唇が開き、こぼれるような笑みが夏の光の中に弾けた。その瞬間、私の心に一条の希望の光が差し込む。

どんなにあがいても、過去は変えられない。死んでしまった人も生き返らない。けれど……。

未来はいくらだって変えられる。死んでしまった人たちが生きたかった今日を背負い、命の尊さを噛みしめながら生きていくことはできる。

失ったものばかりに目を向けるのではなく、今、目の前にあるものに全身全霊をかけて向き合い、大切にしよう。

「そうですね」

私は信広さんの言葉に、強い思いを込めて微笑み返した。

今の私には見える。未来を照らす光が。命の輝きが。

ふいに、開け放った窓から一陣《いちじん》の風が吹き込み、私の背中を優しく押した。肩に柔らかくかかっている髪が、ふわりと宙を舞う。

私は顔を上げ、毅然と胸を張って歩き出した。そして信広さんの正面に立つと、右手の薬指にはめていた指輪を外し、そっと教卓の上に置いた。そのときだった。

——カチッ、カチッ……。

秒針の音がして、私と信広さんは弾かれたように頭上を見上げた。長年止まっていた教室の時計が、再び動き出している。

「……こんなことってあるんですね」

信広さんは心底驚いた顔で壁掛け時計を凝視した。その針は決して後戻りすることなく、〝今〟という時を刻みながら、前へ、前へと進んでいる。

それを見た自分の顔に、ぱあっと笑みが浮かぶのを感じた。

「きっと天国にいる私と信広さんの大切な人たちが、私たちに『前に進め』ってエールを送ってくれてるんですよ」

私の言葉を受けて、信広さんがはっと息を呑む。それからまぶしいものでも眺めるように目を細め、時計に向かって右手の拳を突き上げた。私も彼の隣で、同じように拳を高く掲げる。

前を向いて生きよう、と誓った。

晴れの日も、雨の日も、雪の日も、嵐の日も。強く、たくましく、凛《りん》と背筋を伸ばして、生きていこう。

私と信広さんは笑顔でうなずき合い、力強く歩き出して、かけがえのない思い出が詰まった旧校舎をあとにした。

私たちの目はまっすぐ前だけを見据えており、もう後ろを振り返ることはなかった。

【完】

あとがき

はじめまして、髙橋恵美と申します。

このたびは『昼休みが終わる前に。』をお手に取っていただき、ありがとうございます。


まず初めに、この作品を出版する機会を与えてくださったスターツ出版の皆様。右も左もわからなかった私にたくさんアドバイスをくださり、導いてくださった担当の飯塚様とヨダ様。素敵なカバーイラストを描いてくださった長乃様。そして本作をお手に取ってくださった皆様。この作品に関わってくださったすべての方に、この場をお借りして心より感謝申し上げます。

この本が、読んでくださった方の心に少しでも残るものであったのなら、それ以上に嬉しいことはありません。


この作品のテーマが『希望』と『共感』であることは、最初から決まっていました。

その中でどういう物語にしていこうか……と考えていたところ、ちょうど近くの学校から昼休みのチャイムが聞こえてきたことがきっかけで生まれたお話です。そこからはほとんどインスピレーションに任せるまま筆を進めました。

人の命はいつ終わるかわからないものです。明日生きている保証なんて誰にもありません。だからこそ〝今〟を大切にし、悔いの残らないように全力で生きるべきなのだと、本作を執筆しながら自分自身の心にも強く訴えかけられました。

小説を書き始めてから約千日。

『千日の稽古を鍛とし、万日の稽古を練とす』という宮本武蔵の有名な言葉がありますが、この三年間の執筆活動を振り返ったときに、もっと頑張れたと思う日は一日もありません。アイディアに詰まって筆が止まってしまった時期もありますが、それだけは胸を張って言えます。

今日の自分が昨日の自分に感謝できる毎日を目標とし、いつかまた皆様にお会いできる日を夢見て精進して参ります。

二〇一九年一月　髙橋恵美

この物語はフィクションです。実在の人物、団体等とは一切関係がありません。

髙橋恵美先生へのファンレターのあて先
〒104-0031　東京都中央区京橋1-3-1　八重洲口大栄ビル7F
スターツ出版(株) 書籍編集部 気付
髙橋恵美先生

昼休みが終わる前に。

2019年1月28日　初版第1刷発行

著　者　髙橋恵美　

発行人　松島滋
デザイン　カバー　bookwall（築地亜希乃）
　　　　　フォーマット　西村弘美
DTP　久保田祐子
編　集　飯塚歩未
　　　　ヨダヒロコ（六識）
発行所　スターツ出版株式会社
　　　　〒104-0031
　　　　東京都中央区京橋1-3-1　八重洲口大栄ビル7F
　　　　出版マーケティンググループ　TEL03-6202-0386
　　　　（ご注文等に関するお問い合わせ）
　　　　URL　https://starts-pub.jp/
印刷所　大日本印刷株式会社

Printed in Japan

ISBN　978-4-8137-0608-3　C0193

スターツ出版文庫　好評発売中!!

『Voice −君の声だけが聴こえる−』　貴堂水樹《きどうみずき》・著

耳が不自由なことを言い訳に他人と距離を置きたがる吉澤詠斗は、高校２年の春、聴こえないはずの声を耳にする。その声の主は、春休み中に亡くなった１つ年上の先輩・羽場美由紀だった。詠斗にだけ聴こえる死者・美由紀の声。彼女は詠斗に、自分を殺した真犯人を捜してほしいと懇願する。詠斗は、その願いを叶えるべく奔走するが——。人との絆、本当の強さなど、大切なことに気付かせてくれる青春ミステリー。2018年「小説家になろう×スターツ出版文庫大賞」フリーテーマ部門賞受賞。

ISBN978-4-8137-0598-7 ／ 定価：本体560円＋税

『1095日の夕焼けの世界』　櫻《さくら》いいよ・著

優等生的な生き方を選び、夢や目標もなく、所在ないまま毎日をそつなくこなしてきた相川茜。高校に入学したある日、校舎の裏庭で白衣姿の教師が涙を流す光景を目撃してしまう。一体なぜ？…ほどなくして彼は化学部顧問の米田先生だと知る茜。なにをするでもない名ばかりの化学部に、茜は心地よさを感じ入部するが——。ありふれた日常の他愛ない対話、心の触れ合い。その中で成長していく茜の姿は、青春にたたずむあなた自身なのかもしれない。

ISBN978-4-8137-0596-3 ／ 定価：本体570円＋税

『それから、君にサヨナラを告げるだろう』　春田《はるた》モカ・著

社会人になった持田冬香は、満開の桜の下、同窓会の通知を受け取った。大学時代——あの夏の日々。冬香たちは自主制作映画の撮影に没頭した。脚本担当は市之瀬春人。ハル、と冬香は呼んでいた。彼は不思議な縁で結ばれた幼馴染で、運命の相手だった。ある日、ハルは冬香に問いかける。「心は、心臓にあると思う？」…その言葉の真の意味に、冬香は気がつかなかった。でも今は…今なら…。青春の苦さと切なさ、そして愛しさに、あたたかい涙が止まらない！

ISBN978-4-8137-0597-0 ／ 定価：本体630円＋税

『あやかし心療室 お悩み相談承ります！』　唐澤和希《からさわかずき》・著

ある理由で突然会社をクビになったリナ。お先真っ暗で傷心気味の彼女に、父親が見つけてきた再就職先は心理相談所。けれど父が勝手にサインした書面をよく読めば、契約を拒否すると罰金一億円!?　理不尽な契約書を付きつけた店主の粟根という男に、ひと言物申そうと相談所に乗り込むリナだが、たどり着いたその場所はなんと、あやかし専門の相談所だった……!?

ISBN978-4-8137-0595-6 ／ 定価：本体560円＋税

スターツ出版文庫　好評発売中!!

『休みの日 ～その夢と、さよならの向こう側には～』小鳥居《ことりい》ほたる・著

大学生の滝本悠は、高校時代の後輩・水無月奏との失恋を引きずっていた。ある日、美大生の多岐川梓と知り合い、彼女を通じて偶然奏と再会する。再び奏に告白をするが想いは届かず、悠は二度目の失恋に打ちひしがれる。梓の励ましによって悠は次第に立ち直っていくが、やがて切ない結末が訪れて…。諦めてしまった夢、将来への不安。そして、届かなかった恋。それはありふれた悩みを持つ三人が、一歩前に進むまでの物語。ページをめくるたびに心波立ち、涙あふれる。

ISBN978-4-8137-0579-6 ／ 定価：本体620円＋税

『それでも僕らは夢を描く』　加賀美真也《かがみしんや》・著

「ある人の心を救えば、元の体に戻してあげる」―交通事故に遭い、幽体離脱した女子高生・こころに課せられたのは、不登校の少年・亮を救うこと。亮は漫画家になるため、学校へ行かず毎日漫画を描いていた。ある出来事から漫画家の夢を諦めたこころは、ひたむきに夢を追う姿に葛藤しながらも、彼を救おうと奮闘する。心を閉ざす亮に悪戦苦闘しつつ、徐々に距離を縮めるふたり。そんな中、隠していた亮の壮絶な過去を知り……。果たして、こころは亮を救うことができるのか？一気読み必至の爽快青春ラブストーリー！

ISBN978-4-8137-0578-9 ／ 定価：本体580円＋税

『いつかのラブレターを、きみにもう一度』　麻沢《あさざわ》奏《かな》・著

中学三年生のときに起こったある事件によって、人前でうまくしゃべれなくなった和奈。友達に引っ込み思案だと叱られても、性格は変えられないと諦めていた。そんなある日、新しくバイトを始めた和奈は、事件の張本人である男の子、央寺くんと再会してしまう。もう関わりたくないと思っていたはずなのに、毎晩電話で将棋をしようと央寺くんに提案されて――。自信が持てずに俯くばかりだった和奈が、前に進む大切さを知っていく恋愛物語。

ISBN978-4-8137-0577-2 ／ 定価：本体580円＋税

『菓子先輩のおいしいレシピ』　栗栖《くりす》ひよ子《こ》・著

友達作りが苦手な高１の小鳥遊《たかなし》こむぎは、今日もひとりぼっち。落ち込んで食欲もなかった。すると謎の先輩が現れ「あったかいスープをごちそうしてあげる」と強引に調理室へと誘い出す。彼女は料理部部長の菓子《かのこ》先輩。心に染み入るスープにこむぎの目からは涙が溢れ出し、その日から“味見”を頼まれるように。先輩の料理は友達・先生・家族の活力となり、みんなを元気にしてくれる。けれど先輩にはある秘密があって……。きっと誰もが元気になれる珠玉のビタミン小説！

ISBN978-4-8137-0576-5 ／ 定価：本体600円＋税

スターツ出版文庫　好評発売中!!

『すべての幸福をその手のひらに』　沖田《おきた》 円《えん》・著

公立高校に通う深川志《ゆき》のもとに、かつて兄の親友だった葉山司《つかさ》が、ある日突然訪ねてくる。それは7年前に忽然と姿を消し、いまだ行方不明となっている志の兄・瑛《あきら》の失踪の理由を探るため。志は司と一緒に、瑛の痕跡を辿っていくが、そんな中、ある事件との関わりに疑念が湧く。調べを進める二人の前に浮かび上がったのは、信じがたい事実だった——。すべてが明らかになる衝撃のラスト。タイトルの意味を知ったとき、その愛と絆に感動の涙が止まらない！

ISBN978-4-8137-0540-6 ／ 定価：本体620円＋税

『きみがいれば、空はただ青く』　逢優《あゆ》・著

主人公のあおは、脳腫瘍を患って記憶を失い、自分のことも、家族や友達のこともなにも憶えていない。心配してくれる母や親友の小雪との付き合い方がわからず、苦しい日々を送るあお。そんなある日、ふと立ち寄った丘の上で、「100年後の世界から来た」という少年・颯と出会い、彼女は少しずつ変わっていく。しかし、颯にはある秘密があって……。過去を失ったあおは、大切なものを取り戻せるのか？　そして、颯の秘密が明らかになるとき、予想外の奇跡が起こる——!!

ISBN978-4-8137-0538-3 ／ 定価：本体560円＋税

『奈良まちはじまり朝ごはん３』いぬじゅん・著

詩織が、奈良のならまちにある朝ごはん屋『和温食堂』で働き始めて１年が経とうとしていた。ある日、アパートの隣に若い夫婦が引っ越してくる。双子の夜泣きに悩まされつつも、かわいさに癒され仕事に励んでいたのだが……。家を守りたい父と一緒に暮らしたい息子、忘れられない恋に苦しむ友達の和豆、将来に希望を持てない詩織の弟・俊哉が悩みを抱えてお店にやってくる。そして、そんな彼らの新しい１日を支える店主・雄也の過去がついに明らかに！　大人気シリーズ、感動の最終巻!!

ISBN978-4-8137-0539-0 ／ 定価：本体570円＋税

『夕刻の町に、僕らだけがいた。』　永良《ながら》サチ・著

有名進学校に通う高１の未琴は、過剰な勉強を強いられる毎日に限界を感じていた。そんなある日、突然時間が停止するという信じられない出来事が起こる。未琴の前に現れたのは謎の青年むぎ。彼は夕方の１時間だけ時を止めることが出来るのだという。その日から始まった、ふたりだけの夕刻。むぎと知る日常の美しさに、未琴の心は次第に癒されていくが、むぎにはある秘密があって…。むぎと未琴が出会った理由、ふたりがたどる運命とは——。ラストは号泣必至の純愛小説！

ISBN978-4-8137-0537-6 ／ 定価：本体570円＋税

スターツ出版文庫　好評発売中!!

『あの夏よりも、遠いところへ』　加納夢雨《かのうむう》・著

小学生の頃、清見蓮は秘密のピアノレッスンを受けた。先生役のサヤは年上の美しい人。しかし彼女は、少年の中にピアノという宝物を残して消えてしまった…。それから数年後、高校生になった蓮はクラスメイトの北野朝日と出会う。朝日はお姫様みたいに美しく優秀な姉への複雑な思いから、ピアノを弾くことをやめてしまった少女だった。欠けたものを埋めるように、もどかしいふたつの気持ちが繋がり、奇跡は起きた――。繊細で不器用な17歳のやるせなさに、号泣必至の青春ストーリー！

ISBN978-4-8137-0520-8 ／ 定価：本体550円＋税

『京都伏見・平安旅館 神様見習いのまかない飯』　遠藤《えんどう》 遼《りよう》・著

リストラされて会社を辞めることになった天河彩夢は、傷ついた心を抱えて衝動的に京都へと旅立った。ところが、旅先で出会った自称「神様見習い」蒼井真人の強引な誘いで、彼の働く伏見の平安旅館に連れていかれ、彩夢も「巫女見習い」を命じられることに…⁉　この不思議な旅館には、今日も悩みや苦しみを抱えた客が訪れる。そして神様見習いが作るご飯を食べ、自分の「答え」を見つけたら、彼らはここを去るのだ。――涙あり、笑顔あり、胸打つ感動あり。心癒やす人情宿へようこそ！

ISBN978-4-8137-0519-2 ／ 定価：本体600円＋税

『海に願いを 風に祈りを そして君に誓いを』　汐見夏衛《しおみなつえ》・著

優等生でしっかり者だけど天の邪鬼な凪沙と、おバカだけど素直で凪沙のことが大好きな優海は、幼馴染で恋人同士。お互いを理解し合い、強い絆で結ばれているふたりだけれど、ある日を境に、凪沙は優海への態度を一変させる。甘えを許さず、厳しく優海を鍛える日々。そこには悲しすぎる秘密が隠されていた――。互いを想う心に、あたたかい愛に、そして予想もしなかった結末に、あふれる涙が止まらない‼

ISBN978-4-8137-0518-5 ／ 定価：本体600円＋税

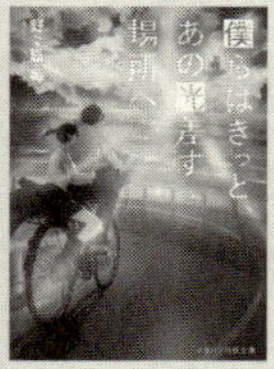

『僕らはきっと、あの光差す場所へ』　野々原苺《ののはらいちご》・著

唐沢隼人が消えた――。夏休み明けに告げられたクラスの人気者の突然の失踪。ある秘密を抱えた春瀬光は唐沢の恋人・橘千歳に懇願され、半強制的に彼を探すことになる。だが訪れる先は的外れな場所ばかり。しかし、唯一二人の秘密基地だったという場所で、橘が発したあるひとことをきっかけに、事態は急展開を迎え――。唐沢が消えた謎、橘の本音、そして春瀬の本当の姿。長い一日の末に二人が見つけた、明日への光とは……。繊細な描写が紡ぎ出す希望のラストに、心救われ涙！

ISBN978-4-8137-0517-8 ／ 定価：本体560円＋税

スターツ出版文庫　好評発売中!!

『100回目の空の下、君とあの海で』　櫻井《さくらい》千姫《ちひめ》・著

ずっと、わたしのそばにいて――。海の近くの小学校に通う６年生の福田悠海と中園紬は親友同士。家族にも似た同級生たちとともに、まだ見ぬ未来への希望に胸をふくらませていた。が、卒業間近の３月半ば、大地震が起きる。津波が辺り一帯を呑み込み、クラス内ではその日、風邪で欠席した紬だけが犠牲になってしまう。悲しみに暮れる悠海だったが、あるとき突然、うさぎの人形が悠海に話しかけてきた。「紬だよ」と…。奇跡が繋ぐ友情、命の尊さと儚さに誰もが涙する、著者渾身の物語！

ISBN978-4-8137-0503-1 ／ 定価：本体590円＋税

『切ない恋を、碧い海が見ていた。』　朝霧《あさぎり》 繭《まゆ》・著

「お姉ちゃん……碧兄ちゃんが、好きなんでしょ」――妹の言葉を聞きたくなくて、夏海は耳をふさいだ。だって、幼なじみの桂川碧は結婚してしまうのだ。……でも本当は、覚悟なんかちっともできていなかった。親の転勤で離ればなれになって８年、誰より大切な碧との久しぶりの再会が、彼とその恋人との結婚式への招待だなんて。幼い頃からの特別な想いに揺れる夏海と碧、重なり合うふたつの心の行方は……。胸に打ち寄せる、もどかしいほどの恋心が切なくて泣けてしまう珠玉の青春小説！

ISBN978-4-8137-0502-4 ／ 定価：本体550円＋税

『どこにもない13月をきみに』　灰芭《はいば》まれ・著

高２の安澄は、受験に失敗して以来、毎日を無気力に過ごしていた。ある日、心霊スポットと噂される公衆電話へ行くと、そこに憑りついた“幽霊”だと名乗る男に出会う。彼がこの世に残した未練を解消する手伝いをしてほしいというのだ。家族、友達、自分の未来…安澄にとっては当たり前にあるものを失った幽霊さんと過ごすうちに、変わっていく安澄の心。そして、最後の未練が解消される時、ふたりが出会った本当の意味を知る――。感動の結末に胸を打たれる、100％号泣の成長物語!!

ISBN978-4-8137-0501-7 ／ 定価：本体620円＋税

『東校舎、きみと紡ぐ時間』　桜川《さくらがわ》ハル・著

高２の愛子が密かに想いを寄せるのは、新任国語教師のイッペー君。夏休みのある日、愛子はひとりでイッペー君の補習を受けることに。ふたりきりの空間で思わず告白してしまった愛子は振られてしまうが、その想いを諦めきれずにいた。秋、冬と時は流れ、イッペー君とのクラスもあとわずか。そんな中で出された“I LOVE YOUを日本語訳せよ”という課題をきっかけに、愛子の周りの恋模様はめくるめく展開に……。どこまでも不器用で一途な恋。ラスト、悩んだ末に紡がれた解答に思わず涙！

ISBN978-4-8137-0500-0 ／ 定価：本体570円＋税

スターツ出版文庫　好評発売中!!

『記憶喪失の君と、君だけを忘れてしまった僕。』小鳥居《ことりい》ほたる・著

夢も目標も見失いかけていた大学3年の春、僕・小鳥遊公生の前に、華怜という少女が現れた。彼女は、自分の名前以外の記憶をすべて失っていた。何かに怯える華怜のことを心配し、記憶が戻るまでの間だけ自身の部屋へ住まわせることにするも、いつまでたっても華怜の家族は見つからない。次第に二人は惹かれあっていき、やがてずっと一緒にいたいと強く願うように。しかし彼女が失った記憶には、二人の関係を引き裂く、衝撃の真実が隠されていて——。全ての秘密が明かされるラストは絶対号泣！

ISBN978-4-8137-0486-7 ／ 定価：本体660円＋税

『今夜、きみの声が聴こえる』　いぬじゅん・著

高2の茉奈果は、身長も体重も成績もいつも平均点。“まんなかまなか”とからかわれて以来、ずっと自信が持てずにいた。片想いしている幼馴染・公志に彼女ができたと知った数日後、追い打ちをかけるように公志が事故で亡くなってしまう。悲しみに暮れていると、祖母にもらった古いラジオから公志の声が聴こえ「一緒に探し物をしてほしい」と頼まれる。公志の探し物とはいったい……？　ラジオの声が導く切なすぎるラストに、あふれる涙が止まらない！

ISBN978-4-8137-0485-0 ／ 定価：本体560円＋税

『きみと泳ぐ、夏色の明日』　永良《ながら》サチ・著

高2のすずは、過去に川の事故で弟を亡くして以来、水への恐怖が拭い去れない。学校生活でも心を閉ざしているすずに、何かと声をかけてくるのは水泳部のエース・須賀だった。はじめはそんな須賀の存在を煙たがっていたすずだったが、彼の水泳に対する真剣な姿勢に、次第に心惹かれるようになる。しかしある日、水泳の全国大会を控えた須賀が、すずをかばって怪我をしてしまい…。不器用なふたりが乗り越えた先にある未来とは——。全力で夏を駆け抜ける二人の姿に感涙必至の青春小説！

ISBN978-4-8137-0483-6 ／ 定価：本体580円＋税

『神様の居酒屋お伊勢～笑顔になれる、おいない酒～』梨木《なしき》れいあ・著

伊勢の門前町、おはらい町の路地裏にある『居酒屋お伊勢』で、神様が見える店主・松之助の下で働く莉子。冷えたビールがおいしい真夏日のある夜、常連の神様たちがどんちゃん騒ぎをする中でドスンドスンと足音を鳴らしてやってきたのは、威圧感たっぷりな“酒の神”！ 普段は滅多に表へ出てこない彼が、わざわざこの店を訪れた驚愕の真意とは——。笑顔になれる伊勢名物とおいない酒で、全国の悩める神様たちをもてなす人気作第2弾！「冷やしキュウリと酒の神」ほか感涙の全5話を収録。

ISBN978-4-8137-0484-3 ／ 定価：本体540円＋税

書店店頭にご希望の本がない場合は、書店にてご注文いただけます。